D1937201

dtv

Ausführliche Informationen über
unsere Autoren und Bücher
www.dtv.de

Paola
Peretti

IN DER NACHT HÖR' ICH DIE STERNE

Roman

Aus dem Italienischen von
Christiane Burkhardt

dtv

MIX
Papier aus verantwortungsvollen Quellen
FSC® C083411

Deutsche Erstausgabe 2018
dtv Verlagsgesellschaft mbH & Co. KG, München
© 2018 Paola Peretti
Titel der italienischen Originalausgabe:
›La distanza tra me e il ciliegio‹
(Rizzoli da Mondadori Libri S.p.A., Mailand 2018)
Die deutsche Ausgabe wurde vermittelt durch Hot Key Books,
an imprint of Bonnier Zaffre Limited, London
© 2018 der deutschsprachigen Ausgabe:
dtv Verlagsgesellschaft mbH & Co. KG, München
Umschlaggestaltung: dtv unter Verwendung einer
Illustration von Jiwoon Pak
Satz: Bernd Schumacher, Friedberg
Gesetzt aus der Optima 9,25/13 pt
Druck und Bindung: CPI – Clausen & Bosse, Leck
Gedruckt auf säurefreiem, chlorfrei gebleichtem Papier
Printed in Germany · ISBN 978-3-423-28967-2

Für Anna und Mario, die unglaublichsten Geschichtenerzähler, Vorleser, Köche, Friseure, Chauffeure, Modeberater, Vorbilder, Erzieher, Psychologen, Komiker, Freunde und Großeltern … Mit anderen Worten: für euch, Mama und Papa.

Ihr habt so viel für uns getan. Und das ausgezeichnet.

Und sagt das bitte auch den Kindern, die ihr selbst einmal gewesen seid.

1

Kinder fürchten sich für gewöhnlich vor dem Dunkel.

Die Dunkelheit – für sie ist das ein fenster- und türloser Raum, in dem Monster lauern, die einen packen und stillschweigend verschlingen.

Vor dieser Art Dunkelheit habe ich keine Angst: Ich fürchte mich vor der Dunkelheit in meinen Augen.

Ich heiße Mafalda, bin neun Jahre alt und kurz davor zu erblinden.

140 SCHRITTE

2

Ich bilde mir das nicht nur ein. Wäre dem so, hätte Mama mir bestimmt keine Cremetörtchen mit Likörfüllung gekauft – und mir erst recht nicht erlaubt, sie noch vor dem Abendessen zu vertilgen. Und wäre alles in bester Ordnung, hätte sich Papa danach auch nicht ins Bad verzogen, so, wie er es immer tut, wenn unsere Vermieterin anruft – und das bedeutet nie was Gutes.

»Mach dir keinen Kopf«, sagt Mama, während sie das Geschirr abspült, »geh lieber noch ein bisschen in deinem Zimmer spielen.«

Eine Weile bleibe ich noch in der Küchentür stehen und versuche, meine Mutter durch die Kraft meiner Gedanken dazu zu bringen, sich zu mir umzudrehen. Doch umsonst: Es hat auch diesmal nicht funktioniert.

Deshalb sitze ich jetzt hier allein in meinem Zimmer und kuschele mit Ottimo Turcaret. Meinem grauen Kater mit dem Knubbel am Schwanz macht es nämlich nichts aus, hochgehoben, auf dem Teppich auf den Rücken gedreht oder mit der Klobürste verfolgt zu werden. Er ist eine Katze, sagt Papa, und Katzen sind Opportunisten. Keine Ahnung, was das bedeutet: vielleicht, dass er es mag, wenn man ihm Aufmerksamkeit schenkt? Wie auch immer, Hauptsache, er ist da, wenn ich ein Problem habe und etwas Warmes, Weiches brauche, das ich fest an mich drücken kann. So wie jetzt.

Denn ich weiß, dass irgendwas nicht stimmt. Ich spüre so was sofort, auch wenn ich erst in die vierte Klasse gehe. Die Freundin meines Cousins sagt immer, ich habe ein drittes Auge. Ravina ist Inderin und trägt einen roten Punkt auf der Stirn. Mich freut, dass sie das denkt, aber offen gestanden wäre ich schon zufrieden, wenn die *zwei* Augen, die ich habe, richtig funktionieren würden.

Und wegen denen ist mir manchmal echt zum Heulen zumute. So wie jetzt – und wie immer beschlägt dabei meine Brille. Ich nehme sie ab, damit sie trocknet und die roten Druckstellen an der Nase weggehen. Seit der ersten Klasse trage ich eine Brille. Die gelbe mit den Strass-Steinchen haben wir letzten Dezember gekauft, und sie gefällt mir sehr.

Im Badezimmer vor dem Spiegel setze ich sie wieder auf. Ohne Brille sehe ich nämlich alles nur wie durch einen Nebel, so, wie wenn man lange ganz heiß duscht. Mein Nebel heißt Stargardt-Nebel, zumindest haben mir das meine Eltern nach unserem Besuch im Krankenhaus so gesagt. In Papas Handy, mit dem man auch ins Internet kann, ist zu lesen, dass der Herr Stargardt ein deutscher Augenarzt war, der vor hundert Jahren entdeckt hat, was in meinen Augen vor sich geht: Er hat herausgefunden, dass jeder, der diesen Nebel hat, schwarze Flecken sieht, die immer größer und größer werden und schließlich so riesig sind, dass man ganz nah an die Dinge rangehen muss, um überhaupt noch was zu erkennen.

»Etwa jeder Zehntausendste ist davon betroffen«, steht dazu auch im Internet. Mama sagt, das sind ganz besondere Menschen, vom lieben Gott persönlich ausgesucht. Wenn ich so drüber nachdenke, hätte ich wirklich gern darauf verzichtet, zum Kreis dieser Auserwählten zu gehören.

3

Drei Schritte: Aus dieser Entfernung kann ich mich im Spiegel noch erkennen.

Der Abstand wird aber zunehmend kleiner: Im letzten Jahr waren es noch fünf. Ich kraule Ottimo Turcarets Kopf, und wo ich schon mal dabei bin, streiche ich auch meine Haare glatt. Mama kann es gar nicht leiden, wenn sie zerzaust sind, und macht mir darum in letzter Zeit gerne Rattenschwänze, die ihr so gut gefallen, dass ich damit sogar ins Bett gehen darf.

In diesem Moment steckt Papa seinen Kopf zur Tür herein und sagt, dass ich mir die Zähne putzen und mich bettfertig machen soll.

Ich nicke, doch bevor ich in meinem Zimmer unter die Decke schlüpfe, öffne ich noch mal das Fenster. Von hier aus kann man ein ganz schön großes Stück Nachthimmel sehen, und ich liebe es einfach, hier zu stehen und eine halbe Ewigkeit hinauszusehen. Vor allem an Herbstabenden wie diesem: Noch ist es nicht kalt, und der Mond und der Polarstern leuchten hell. Mama sagt immer, dass sie die Straßenlaterne und das Streichholz vom Jesuskind sind. Mich interessiert, ehrlich gesagt, mehr, Abend für Abend zu gucken, ob sie noch da sind.

Vor dem Einschlafen liest Papa mir immer eine Geschichte vor. Wir sind gerade in der Mitte von ›Robin Hood‹, sodass ich momentan viel von Wäldern und Pfeil und Bogen träume. Danach kommt normalerweise Mama ins Zimmer, legt mir die Rattenschwänze ordentlich um mein Gesicht und wünscht mir mit ihrem Pfefferminzatem Gute Nacht.

Heute Abend kommen sie allerdings gemeinsam herein. Sie setzen sich zu mir, Papa auf die linke, Mama auf die rechte Bettkante, und sagen, dass ich wohl wieder etwas schlechter sehe. Deshalb haben sie beschlossen, mit mir nächste Woche zu ein paar Spezialuntersuchungen zu gehen.

Ich lasse die Schule nur ungern ausfallen, weil ich dann viel Wichtiges verpasse (wie lange der Bau der Pyramiden gedauert hat?, zum Beispiel), aber natürlich auch Klatsch und Tratsch (stimmt es, dass Chiara wieder mit Gianluca aus der 4c zusammen ist?!). Doch meinen Eltern gegenüber schweige ich. Ich warte, bis sie das große Licht ausgemacht und die Tür hinter sich zugezogen haben, dann schalte ich meine Nachttischlampe ein.

Mit den Fingern fahre ich über die Reihe Bücher, die im Regal über dem Kopfende des Bettes stehen, und ziehe ein Heft dazwischen hervor, das an einer Ecke ein Eselsohr hat. Ich lege es vor mich auf das Kopfkissen. Auf dem Einband klebt ein Etikett mit der Aufschrift: MAFALDAS LISTE. Mein ganz persönliches Notizheft.

Auf der ersten Seite steht ein Datum: 14. September. Das war vor drei Jahren und elf Tagen. Und darunter habe ich geschrieben:

Alles, was ich wahnsinnig gerne mag, aber bald nicht mehr machen kann

- *Die Sterne am Nachthimmel zählen*
- *~~Ein U-Boot steuern~~*
- *~~Am Fenster stehen und Gute-Nacht-Signale blinken~~*

Alarmstufe rot. Meine Brille beschlägt wieder.

Oma hat direkt gegenüber gewohnt, in dem roten Haus mit den Spitzengardinen. Sie war Papas Mama und hatte dieselben Locken wie er und ich, bloß in Weiß. Vor dem Schlafengehen hat sie mir immer mit der Taschenlampe Lichtsignale geschickt. Einmal Blinken hieß »Hallo, bist du da?«, zweimal »Ich wünsch dir eine Gute Nacht« und dreimal »Ich dir auch«. Nur: Das ist lange her. Damals konnte ich mich im Spiegel noch aus neun Schritten Entfernung erkennen. Jetzt lebt in dem Haus ein Ehepaar, das nie grüßt und außerdem die Gardinen ausgetauscht hat.

Ich putze meine Brille und setze sie wieder auf. Die zweite Seite überblättere ich. Sie ist total geheim. Niemand darf sie sehen, nicht einmal Ottimo Turcaret, deshalb habe ich dort alles in einer Geheimschrift notiert, die nur ich entschlüsseln kann.

Die Liste endet auf der dritten Seite. Hier steht bisher:

- *Mit den Jungs Fußball spielen*
- *Das Bordsteinkantenspiel: Tritt man daneben, stürzt man in einen See aus Lava und wird von den Krokodilen gefressen*

- Papierbälle im Papierkorb versenken
- In den Kirschbaum auf dem Schulhof klettern

Der Kirschbaum auf dem Schulhof ist mein Baum. Ich bin schon ganz oft hinaufgeklettert, zum ersten Mal am Tag der Einschulung. Kein anderes Kind kommt so hoch hinauf wie ich.

Als ich noch kleiner war, hab ich seinen Stamm oft gestreichelt und umarmt – er war von Anfang an mein Freund. Und oben in diesem Kirschbaum habe ich auch Ottimo Turcaret gefunden. Er war damals schon so grau wie jetzt, nur hässlicher und total verschreckt. Und außerdem so winzig, dass ich ihn in der Tasche meiner Schuluniform nach Hause tragen konnte. Erst als ich ihn dort rausgenommen und auf den Küchentisch gesetzt habe, haben meine Eltern gesehen, dass er ein kleines Kätzchen ist.

Damals hieß er natürlich noch nicht Ottimo Turcaret, da hatte er noch keinen Namen. Doch nachdem er eine Weile bei uns war und angefangen hat, mir überallhin zu folgen, sogar in die Schule, hat Papa mir sein Lieblingsbuch ›Der Baron auf den Bäumen‹ geschenkt und mir abends vor dem Einschlafen daraus vorgelesen. So habe ich Cosimo kennengelernt, der nur ein klein wenig älter ist als ich, und seinen Dackel mit dem Doppelnamen. Und da wir fanden, dass das Gesicht unseres Katers genauso aussieht wie seines, beschlossen wir, ihn von nun an Ottimo Turcaret zu nennen – auch wenn er nicht zwei Herrchen hat wie der Dachshund, der bei Cosimo

Ottimo Massimo hieß und Turcaret, wenn er zu seiner eigentlichen Besitzerin Viola zurückkehrte.

Mein absoluter Lieblingsheld in dem Buch bleibt aber trotzdem Cosimo: Es beindruckt mich sehr, dass er in die Bäume gezogen und nie mehr heruntergekommen ist, weil er frei sein wollte. So viel Mut hätte ich nie. Irgendwann habe ich zwar mal versucht, ihm nachzueifern, und mir in den Ästen des Kirschbaums ein Haus aus Klopapier gebaut, aber dann hat es geregnet, und die Wände haben sich in Wohlgefallen aufgelöst. Stattdessen hab ich dann meist einen Comic mit raufgenommen und ihn hoch oben in einer Astgabel gelesen. Zu der Zeit konnte ich ja auch noch ganz gut sehen.

Seit der ersten Klasse muss ich nun jedes Jahr einen Sehtest machen, mit Tropfen, die ganz furchtbar brennen. Reine Routine, sagen die Ärzte. Die Spezialuntersuchungen nächste Woche werden darum wohl etwas anders aussehen, denn das Licht, das ich noch in den Augen habe, scheint es eilig zu haben auszugehen. Verdammt eilig, hat die Augenärztin bei unserem ersten Besuch gesagt. Sie ist zwar keine Deutsche wie Herr Stargardt und hat auch noch nichts Besonderes entdeckt, dafür schenkt sie mir jedes Mal einen Bleistift mit einem bunten Radiergummi dran. Damals hat sie mir erklärt, dass das Licht bei manchen erlischt, wenn sie alt sind, bei anderen ein wenig früher. Meines hingegen soll ausgehen, wenn ich noch ziemlich jung bin. Um dich herum wird es dann vollkommen dunkel werden, hat sie gesagt.

Aber daran will ich jetzt nicht mehr denken und lieber von Robin Hood, seinen Wäldern und Pfeil und Bogen träumen. Ich klappe mein Heft zu, mache das Licht aus und schließe die Augen.

Hilfst du mir, Cosimo?

Du schaffst nämlich alles, was du dir einmal in den Kopf gesetzt hast. Und du hast ein großes Herz. Das weiß ich, weil du sogar dem gefürchteten Räuber, der ganz viel auf dem Kerbholz hatte, Geschichten vorgelesen hast. Zwischen den Gitterstäben hindurch, bis zu dem Tag seiner Hinrichtung! Doch was ist mit mir? Wer wird mir vorlesen, wenn es dunkel um mich herum geworden ist und Mama und Papa arbeiten müssen?

Wenn dann nicht mal mehr du, ein Freund der Bäume so wie ich, mir helfen kannst … Du musst einen Ausweg finden, Cosimo, du musst mir auch nicht davon erzählen, ja ich muss es nicht mal mitbekommen, es genügt, wenn du mir einfach hilfst. Denn sonst … sonst red ich kein Wort mehr mit dir! Nein, schlimmer noch, dann denk ich nicht mal mehr an dich! Oder ich zaubere dir mit der Kraft meiner Gedanken den Ast unterm Hintern weg, damit du in den Lava-See mit den Krokodilen fällst oder – zurück auf den Boden, was für dich noch viel schlimmer ist, weil du dir geschworen hast, ihn nie wieder zu betreten!

Versprichst du mir also, Cosimo, dass du mir hilfst? Estella sagt zwar immer, dass wir unser Schicksal allein meistern können und dazu keine Hilfe benötigen. Aber ich kann jede Menge Unterstützung gebrauchen!

4

Auf die Idee mit der Liste hat mich Estella gebracht. Vor genau drei Jahren und elf Tagen.

Als damals die Glocke zum Schulbeginn läutete, saß ich hoch oben in meinem Kirschbaum auf dem Schulhof und kam nicht mehr runter.

»Du nicht können runter, stimmt?«

Vorsichtig schob ich einen Zweig mit den ersten gelben Blättern zur Seite und blickte mit zusammengekniffenen Augen aus der Baumkrone nach unten. Neben dem Stamm stand mit verschränkten Armen eine groß gewachsene Frau, die ich noch nie zuvor gesehen hatte. Sie trug einen Hausmeisterkittel, hatte dunkle Haare und so riesige kohlrabenschwarze Augen, dass ich es fast mit der Angst zu tun bekam.

»Gut, iche helfe. Danne du gehst in Klasse.«

Sie sprach irgendwie komisch. Jedenfalls nicht wie eine Italienerin. Reglos blieb ich, wo ich war, vor lauter Angst hinunterzufallen.

Die Frau zeigte auf einen Ast direkt unter mir.

»Du Fuß dorthin.«

Mit beiden Händen klammerte ich mich an den Ast, auf dem ich saß, und streckte den Fuß aus. Doch die Rinde löste sich unter seinem Gewicht, und er rutschte ab. Augenblicklich kehrte ich in meine Ausgangsposition zurück.

»Ich komm nicht.«

»Du bleiben also Leben lang oben?«

»Ja.«

»Danne mal tschus.«

Die neue Hausmeisterin machte einen Schritt Richtung Schuleingang, als etwas unter ihrer Fußspitze knackte. Sie blieb stehen, bückte sich und hob eine im Laub liegende rote Brille auf.

»Das gehören dir?«

»Ja, das ist meine Brille. Ich habe sie beim Raufklettern verloren. Deshalb schaff ich's jetzt nicht mehr runter!«

»Nichte weinen. Nichte nötig.« Die Frau mit den tiefschwarzen Augen kehrte unter meinen Ast zurück. »Weiß du, zu Hause in Rumänien ich auch früher auf Bäume klettern. Ich gern oben gespielt, weit oben.«

Ich zog die Nase hoch.

»Und was … was hast du dort gespielt?«

»Ich spielen … wie sagt man … Amazone. Du kennen Amazone?«

»Nein, was ist das?«

»Kriegerin auf Pferd, wie Mann. Sie keine Angst, runterzukommen von Baum.«

»Sie braucht auch sicher keine Brille.«

»Nein. Iste sehr stark. Hat Angst vor gar nichts. Und sich abschneiden ein Stück Brust, um besser Bogen zu spannen.«

»Ein Stück Brust?!«

»Ja. Die Oma von meine Oma von meine Oma ist aus Amazonenfamilie, lang, lang her.«

»Jetzt schwindelst du.«

»Nein, ich schwöre, stimmt.«

Ohne ein weiteres Wort krempelte sich die Frau mit den furchterregenden Augen die Ärmel hoch und begann, den Stamm hochzuklettern. Ich klammerte mich an meinen Ast. Als sie meine Höhe erreicht hatte, setzte sie sich neben mich. Rittlings, wie auf einem Pferd.

»Siehst du? Amazone.«

So aus der Nähe sah ich, dass sie pinkfarbenen Lippenstift trug und ihre großen Augen gar nicht furchterregend, sondern nur schwarz geschminkt waren.

»Und wie kommen wir jetzt runter?«

Sie zog meine Brille aus der Tasche ihres Arbeitskittels und reichte sie mir. Sie war etwas schmutzig und ein Bügel leicht verbogen, aber ich konnte wenigstens wieder besser sehen.

»Mir folgen«, sagte sie dann und begann, so schnell, wie sie hinaufgekommen war, auch wieder hinunterzuklettern.

»Warte!«

Sie hielt inne und blickte zu mir hoch.

»Was iste?«

»Ich will gar nicht runter.«

»Großer Gott, warum nicht?! Komm runter! Ich müssen arbeiten!«

Noch mehr Zeit wollte ich ihr nicht stehlen. Es war sehr nett von ihr gewesen, mir die Brille zu bringen. Nur: Ich wollte einfach nicht runter – weil Olga, meine Ärztin, mir am Vortag gesagt hatte, dass ich eine schlimme Sache in meinen Augen habe. Das hat mir eine Riesenangst gemacht, darum wollte ich in meinem Baum bleiben. Weil mir dort oben bestimmt nichts zustößt.

Und genau das sagte ich ihr dann auch. Und dass ich sowieso schon nicht besonders gut sehe, was nun aber mit der Zeit immer schlimmer wird, bis ich irgendwann nicht mehr auf meinen Baum klettern kann.

Die Hausmeisterin nickte.

»Ich verstehen. Aber wenn du nicht mehr machen kannst, du musst schreiben Liste. So du sicher nichts vergessen.«

»Eine Liste?«

»Ja, Liste. Auch ich gemacht Liste. Vor vielen Jahren.«

»Hast du damals auch schlecht gesehen?«

»Nein.«

»Und was war dann mit dir?«

Die Frau seufzte und begann, den Baum weiter hinunterzuklettern.

»Ich kleinere Probleme gehabt als jetzt, Nervensäge.«

Wie von selbst folgte ich ihr ganz vorsichtig, denn mich hatte die Neugier gepackt, auch wenn ich ein bisschen sauer war wegen der Nervensäge.

»Und was stand auf deiner Liste?«

»Wenn unten, ich dir zeigen. Wie heißt du?«

»Mafalda. Und du?«

Die Hausmeisterin hatte den untersten Ast erreicht. Sie sprang auf den Boden, drehte sich zu mir um und breitete die Arme aus.

»Estella.«

Inzwischen war auch ich auf einem der untersten Äste angelangt. Ich sprang – und sie fing mich noch in der Luft auf und stellte mich sicher auf den Boden. Schnellen Schrittes strebte sie danach zur Eingangstür und bedeutete mir, ihr zu folgen.

»Estella nicht lügen. Immer Wahrheit sagen. Schauen wir Liste von Estella.«

Seither treffe ich Estella jeden Tag.

Wenn ich um zehn vor acht in die Straße zur Schule einbiege, wartet sie schon am Tor auf mich, und sobald sie mich sieht, schickt sie mir unser geheimes Erkennungszeichen. Na ja, ganz so geheim ist es auch wieder nicht, denn hören tut es jeder: Es ist ein so schriller Pfiff, dass einem selbst von Weitem noch die Ohren klingeln. Nur sie kann so pfeifen, auf zwei Fingern. Sobald ich ihn höre, lege ich jedenfalls einen Zahn zu.

Doch vorher bleibe ich noch kurz stehen, um meinen Kirschbaum zu begrüßen. Auf dem Weg, den ich jeden Morgen an Papas Hand nehme, kann ich ihn von der Straßenecke aus sehen. Mehr oder weniger, denn im Grunde erkenne ich nur eine bunte Wolke. Dennoch weiß ich ganz genau, dass das die Krone meines Kirschbaums ist – beziehungsweise die Haarpracht des gutmütigen Riesen, der in ihm wohnt. In jedem Baum wohnt ein Riese, hat Oma immer gesagt, und wenn man ihn fällt, zieht der Baumgeist in einen anderen um.

In Omas Garten stand auch einmal ein Kirschbaum. Als kleines Mädchen bin ich da immer raufgeklettert, um für Oma die reifen Kirschen zu pflücken. Damals brauchte ich noch keine Brille.

Mit den Kirschen aus Omas Baum machten wir nach der Ernte meist gleich einen Kuchen oder auch Marmelade für den Winter. Irgendwann mussten wir ihn dann jedoch fällen, Omas Kirschbaum. Weil er Läuse hatte. Dabei hätte man ihm eigentlich nur die Blätter abschneiden müssen: Wenn wir in der Schule Läuse haben, schneidet man uns schließlich auch bloß die Haare, anstatt uns gleich umzubringen. Wie auch immer: Als der Baum gefällt wurde, war ich mir jedenfalls sicher, dass der Riese in den Kirschbaum auf dem Schulhof gezogen ist – kurz darauf gefolgt von Omas Geist.

An diesem Morgen fällt mir ein, dass ich gern wissen würde, wie viele Schritte es von dem Punkt, ab dem ich den Baum erahnen kann, bis zu seinem Stamm sind. Damit ich weiß, wie nah ich dem Riesen und der Oma an der Straßenecke bin. Fest kneife ich die Augen zu einem schmalen Schlitz zusammen, und da ist er, wenn auch etwas verschwommen: ein gelb-orangerot-brauner Fleck, der an eine Clownsperücke erinnert. Und die blaue Wolke dahinter ist die Schule. Ich beginne zu zählen: eins, zwei, drei …

»Mafalda, wenn du weiter so trödelst, kommen wir zu spät.«

Papa zieht sanft an meiner Hand.

Ich zähle weiter. Nach dreißig Schritten höre ich Estellas Pfiff … fünfunddreißig, sechsunddreißig …

»Papa, wie lang sind meine Schritte?«

»Hm, schwer zu sagen … Einen halben Meter vielleicht? Du bist ziemlich groß für dein Alter.«

Fünfundvierzig … fünfzig … sechzig … siebzig … Bei hundertzehn erreichen wir das Schultor. Estella kommt mir entgegen, begrüßt Papa und begleitet mich in den Hof.

Vor meinem Baum bleibe ich stehen, bücke mich und hebe ein Blatt auf. Es ist feucht, auf der Vorderseite gelb und auf der Rückseite braun. Es hat die perfekte Form und riecht nach Erde, was mich daran denken lässt, wie Oma und ich zusammen im Garten gewerkelt haben. Ich stecke es in meine Jackentasche.

Ich habe hundertvierzig Schritte gebraucht, von dem Punkt, an dem ich meinen Kirschbaum erkennen konnte, bis ich direkt vor ihm stand.

Hundertvierzig Schritte. Etwa siebzig Meter.

120 SCHRITTE

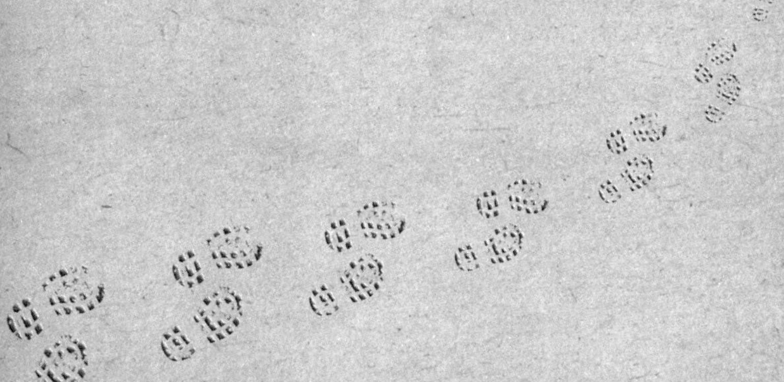

5

Die zweite Seite meiner Liste ist die allerwichtigste. Und da sie supergeheim ist, habe ich sie in Geheimschrift geschrieben und zwischen den beiden anderen versteckt. Falls mir jemand das Heft klauen will. Schlägt man die erste Seite auf, denkt man so zunächst, dass nichts Besonderes drinsteht, und legt es wieder zurück.

Natürlich sind auch die erste und dritte Seite wichtig, aber die zweite ist einfach noch viel, viel wichtiger, jedenfalls für mich: Dort habe ich nämlich die Dinge aufgeschrieben, die ich niemals jemandem sagen würde.

Gleich muss ich wieder zu Olga, meiner Ärztin. Auf dem Balkon warte ich darauf, dass Mama sich fertig geschminkt hat, und tue währenddessen so, als würde ich mit Ottimo Turcaret schmusen. In Wirklichkeit linse ich aber immer wieder verstohlen auf die zweite Seite meiner Liste, auch wenn Estella gesagt hat, dass ich das nicht tun soll, denn was ich dort notiert habe, muss ich entweder loslassen oder nehmen, wie es ist. Was genau sie damit meint, habe ich allerdings noch nicht so ganz begriffen. Darum habe ich beschlossen, mir die zweite Seite anzuschauen, wann immer mir danach ist, in der Hoffnung, dass es irgendwann klick bei mir macht.

Als ich das Klappern von Absätzen höre, schlage ich

augenblicklich das Heft zu und verstecke es unter der Sonnenliege. Mama zieht immer hohe Schuhe an, wenn wir in die Klinik gehen.

»Bist du so weit? Dann lass uns aufbrechen.«

Ich werde ein andermal weiter über Estellas Worte nachdenken. Allerdings überschüttet sie mich mit so vielen davon, dass es bestimmt längst dunkel um mich ist, bis ich alles verstanden habe.

Olga hat grüne Augen, zumindest bilde ich mir das ein.

Sie nimmt hinter ihrem Schreibtisch Platz und schiebt einen Bleistift mit einem Dinosaurier-Radiergummi zu mir.

»Haben Sie vielleicht auch einen mit ägyptischen Gottheiten?«, frage ich und bekomme dafür von Mama, die neben mir sitzt, einen Stoß mit dem Ellbogen. Papa sitzt auf der anderen Seite. Er hat ein schönes Jackett über seinen Monteuranzug gezogen, denn eigentlich hat er gerade Mittagspause. Heute muss er jedoch bei uns in der Klinik sein, weil meine Untersuchungsergebnisse da sind.

Mit einem Lächeln antwortet Olga, dass sie Bleistifte mit ägyptischen Göttern besorgen wird, schließlich könnten ja noch andere Kinder danach fragen. Dann wird sie ernst und wendet sich an meine Eltern.

»Die Situation ist leider wenig erfreulich. In Mafaldas Netzhaut haben sich in den letzten Monaten verstärkt giftige Stoffwechselprodukte abgelagert, die die lichtempfindlichen Zellen zunehmend zerstören. Die Makula …«

»Das ist der Bereich in der Augenmitte, auch gelber Fleck genannt, wo man normalerweise am schärfsten sieht«, mische ich mich ein, damit Mama und Papa Olga besser verstehen. »Das haben wir in der Schule gelernt.«

»Genau. Mafaldas Makula ist inzwischen extrem geschädigt, wie die durchgeführten Untersuchungen zeigen.«

Kurz frage ich mich, was sie damit sagen will, und überlege dann, ob ich mich bei den Untersuchungen vielleicht etwas mehr hätte anstrengen sollen. Ich habe nämlich nicht ganz stillgehalten, als man mir das Metallfädchen unter das Unterlid gelegt hat, und bei dem Test mit dem Punkt und dem Gitter bin ich sogar ganz kurz eingenickt. Ich will es Olga gerade beichten, doch sie spricht schon weiter, mit so gedämpfter Stimme, dass ich die Ohren spitzen muss, um alles zu verstehen.

»Das Tempo, mit dem die Krankheit voranschreitet, lässt leider nichts Gutes hoffen. Im besten Fall …«

»Wie lange noch?«, fragt Papa noch leiser als sie, was sonst nie vorkommt.

»Im besten Fall … sechs Monate.«

Meine Eltern sacken auf ihren Stühlen in sich zusammen wie große Ballons, aus denen gerade die Luft entweicht. Ich rutsche nach vorn auf die Stuhlkante.

»Sechs Monate, bis was passiert?«

Ernst sieht meine Ärztin mich durch ihre Brille mit den dünnen Gläsern an.

»Bis die schwarzen Wolken in deinen Augen so riesig sind, dass du nichts mehr siehst, Mafalda.«

»Das heißt, es wird also vollkommen dunkel um mich?«

Sie schweigt eine Weile und sagt dann nur: »Es tut mir leid.«

Meine Brille beschlägt.

Bestimmte Nachrichten sollte man nur in Gegenwart eines Katers mitgeteilt bekommen, den man ganz fest an sich drücken kann.

6

Als wir aus der Klinik zurückkommen, verziehe ich mich mit Ottimo Turcaret in mein Zimmer für mein spezielles Nickerchen.

Letztes Jahr habe ich damit angefangen, nachdem mein Cousin Andrea mit Ravina zusammengekommen ist. Andreas indische Freundin hat mir damals etwas gezeigt, das sich »Meditation« nennt – ein Nickerchen, bei dem man schöne Träume hat, selbst wenn man gar nicht müde, sondern eher traurig oder wütend ist. Man muss dazu mucksmäuschenstill sein und sich vorstellen, dass man tief drinnen in seinem Körper ist, was sich anfangs ziemlich komisch anfühlt. Doch wenn man es ein paarmal übt, gewöhnt man sich daran, und nach einer Weile denkt man nicht mehr an all das Blut, das durch die Adern strömt, sondern an gar nichts mehr. Zumindest bei mir ist das so. Die Hintergrundgeräusche in der Wohnung streichen über mein Gesicht wie der Widerhall ferner Glocken, und irgendwann fange ich dann an zu träumen.

Und heute habe ich einen wirklich wunderschönen Traum.

Ich träume, dass ich in den Kirschbaum auf dem Schulhof klettere, ganz hoch hinauf in seine Krone, bis auf den höchsten Ast. Von dort aus überblicke ich unsere ganze Stadt, nein, mehr noch, die ganze Welt. Ich breite meine Arme aus und fliege los, fliege auf das Schuldach und von dort aus höher und höher, bis zum Mond, bis zum Polarstern, und während all die anderen Sterne um mich herum hell blinken, spiele ich mit Oma, die im Tor steht, Fußball …

Am Nachmittag kommt Chiara zum Spielen, wenn auch leider nicht zum Fußballspielen. Mama hat sie und ihre Mutter eingeladen, obwohl ich viel lieber für mich geblieben wäre. Ich lerne nämlich gerade Brailleschrift lesen, mit einem großartigen, wenn auch etwas seltsamen Buch, das Estella mir geschenkt hat. Es heißt ›Der kleine Prinz‹.

Chiara und ich sind schon seit dem Kindergarten Freundinnen, und darum kann ich nicht so tun, als ob sie gar nicht da wäre. Unter uns gesagt, war sie schon lange nicht mehr zum Spielen hier und hat mich auch seit Ewigkeiten nicht mehr zu sich eingeladen. Das letzte Mal war an ihrem Geburtstag im Juni, danach sind wir beide in Urlaub gefahren.

Als sie ins Wohnzimmer kommt, räume ich rasch das Braille-Alphabet weg. Sie sieht es trotzdem und will wissen, was ich da gerade tue.

»Ach, nichts Besonderes«, sage ich. Keine Ahnung, warum, aber mir ist es lieber, wenn sie mich nicht beim Brailleschrift üben sieht, weil ich mir dann irgendwie blöd vorkomme. Darum schlage ich schnell vor, in mein Zimmer zu gehen und dort Restaurant zu spielen, da ich weiß, dass sie ihrer Mama gern beim Kochen hilft und jede Woche ›MasterChef‹ anguckt.

Wir decken einen kleinen Tisch mit Puppengeschirr und Plastikbesteck. Die dazugehörigen Gläser finde ich nicht mehr, deshalb füllen wir zwei echte mit Wasser. Chiara übernimmt die Rolle der Kellnerin und des Kochs, ich spiele den Gast. Gewissenhaft studiere ich eine unsichtbare Speisekarte und bestelle die kompliziertesten Gerichte. Eifrig kritzelt Chiara sie sich auf die Hand, läuft in die Küche (das heißt zu meinem offenen Kleiderschrank) und gibt sie dem Koch völlig falsch weiter, der daraufhin zu kochen anfängt.

Ich spiele gern Restaurant, aber sooo gern auch wieder nicht. Nachdem wir dieselbe Szene dreimal wiederholt haben, schlage ich vor, zur Abwechslung Vater und Mutter zu spielen, die auswärts essen gehen. Wir verabschieden uns von Ottimo Turcaret, der mit dem Babysitter – besser gesagt mit meiner Puppe Maggie – zu Hause bleiben muss, und nehmen Platz an unserem Tisch.

Auf Anhieb haben wir dort dieselbe Idee (wie das unter echten Freundinnen manchmal so ist): Wir wollen aus allen möglichen Zutaten einen Drink mixen. Wir rennen durch die ganze Wohnung, um nach ekligem Zeug zu suchen, das wir reintun können, Blumenerde, Salz und Pfeffer, einen Sprühstoß von Papas Herrenduft und etwas Klebstoff, der aussieht wie Schneckenschleim, vermengen alles mit einer Gabel und kehren mit den Gläsern an unseren Tisch zurück.

»Lass uns trinken!«, sagt Chiara, hebt ihr Glas mit dem gelben, schnodderähnlichen Zeugs und führt es zum Mund. Ich strecke die Hand nach meinem aus, das links vor mir steht, als ich auf einmal in meinem linken Auge nur noch schwarz sehe, sodass ich vor lauter Schreck das Glas umstoße. Sofort fängt Chiara an zu kreischen, weil sich die eklige Flüssigkeit anscheinend über ihre Leggins ergießt, während sich das Dunkel in meinem Auge mit flimmernden Spinnen füllt, das Glas über den Tisch kullert und gleich darauf zu meinen Füßen zerspringt.

Ich höre, wie die Tür aufgerissen wird und Mama fragt, was los ist. Chiara will nach Hause, obwohl es noch nicht mal vier Uhr ist. Ganz langsam wird der dunkle Fleck in meinem Auge kleiner, ich stehe auf und folge ihr in den Flur, wo Chiaras Mutter schon an der Tür steht, die Autoschlüssel in der Hand.

»Wir sehen uns dann morgen in der Schule«, sage ich zu Chiara.

Sie sagt darauf bloß »Tschüs«, und weg ist sie.

Mama macht die Haustür hinter ihnen zu.

»Wie wär's mit einem Nutellabrötchen?«

Oma hätte mir eines mit meiner Lieblingsmarmelade gemacht.

Während meine Mutter danach die Scherben zusammenfegt, lege ich mich mit dem Braille-Alphabet auf mein Bett und lese weiter in ›Der kleine Prinz‹. Besser gesagt, ich tue so, als würde ich lesen, denn eigentlich warte ich nur darauf, dass Mama zurück in die Küche geht und ich mein Heft rausholen kann.

Als sie endlich weg ist, ziehe ich es aus seinem Versteck und schlage die zweite Seite auf, die streng geheime. Und streiche dann mit dem Stift die Geheimschriftwörter durch, die »*Eine beste Freundin haben*« bedeuten.

7

Der kleine Prinz gefällt mir, aber mein absoluter Lieblingsheld ist trotzdem Cosimo. Die Geschichte des jungen Barons, der nach einem Riesenknatsch mit seiner Familie hoch oben in den Bäumen lebt, ist im Übrigen auch Papas Lieblingsbuch. Oma hat es ihm geschenkt, als er noch aufs Gymnasium ging. Mir gegenüber hat sie mal behauptet, es vom Autor persönlich bekommen zu haben, den sie geliebt hat und dem sie in tiefer Freundschaft verbunden war. Offen gestanden habe ich das nicht verstanden, denn entweder man ist befreundet, oder man liebt sich … Egal, Oma hat jedenfalls immer gesagt, dass man mit Menschen, die man liebt, und mit Freunden seine Bücher teilt. So wie Cosimo und der Räuber. Ich bin mir sicher, dass Cosimo und ich das auch tun würden, sollten wir uns denn einmal begegnen.

Heute ist der zweite November, Allerseelen, und wir haben schulfrei.

Wie jedes Jahr gehe ich mit meinen Eltern auf den Friedhof, um Oma und noch ein paar andere Verwandte zu besuchen, die ich nicht kenne.

Ich mag den Friedhof, weil er schwarz-weiß gepflastert ist wie ein Schachbrett. Ich liebe es, von einem Stein zum anderen zu hüpfen, doch beim letzten Mal habe ich dabei eine Frau zum Stolpern gebracht, und darum darf ich das nicht mehr. Deshalb ist mir dieses Jahr furchtbar langweilig. Hinzu kommt, dass ich Omas Grabstein nicht mehr mag, denn obendrauf sitzt neuerdings ein Engel mit einem ziemlich dämlichen Gesichtsausdruck. Oma hat nie an Engel geglaubt – auch wenn ich für sie immer ihr »Engel« war.

Kurzum, ich habe schlechte Laune – bis ich die Kinder entdecke, die auf dem Platz vor dem Friedhof Fußball spielen. Einige sind aus meiner Klasse. Auch ein etwas älterer Junge ist dabei, der ständig den Unterricht stört und sich oft auf dem Schulhof prügelt. Ich erkenne ihn an der blauen Jacke mit dem groß aufgedruckten Namen auf dem Rücken: Filippo. Er ist der Einzige, der so eine trägt. Keine Ahnung, wo er die herhat.

Auf einer der Parkplatzmauern sitzt auch Chiara. Ich frage Mama, ob ich zu ihr darf, solange sie mit Papa die Gräber der anderen Verwandten besucht.

»Okay, aber verlauf dich bitte nicht.« Das ist Mamas Standardsatz. Doch wo soll ich mich hier schon verlaufen?

Ich gehe zu Chiara, die sich gerade mit einer anderen Viertklässlerin unterhält. Die beiden grüßen mich, beachten mich dann aber nicht weiter.

Egal, ich finde Fußball sowieso spannender. In der Zweiten habe ich ein Jahr lang in einer gemischten Schulmannschaft gespielt. Ich stand im Tor. Als mir die Brille kaputt geschossen wurde, musste ich zwar aufhören, doch insgeheim würde ich immer noch furchtbar gern mitspielen.

Die Jungs bilden gerade zwei Mannschaften. Ich kann nicht zählen, wie viele es sind, weil ich sie von der Mauer aus nicht richtig erkennen kann, doch auf einmal höre ich, wie Marco – einer aus meiner Klasse – sagt, dass er nun leider gehen muss, seine Eltern wollen fahren. Ich höre ziemlich gut, selbst wenn ich weit entfernt bin. Und nicht nur Worte, auch Geräusche. Wenn sich ein Krankenwagen nähert, höre ich ihn noch vor allen anderen, ob in der Schule, zu Hause, egal wo. Meine Ärztin sagt, dass mein Gehör schärfer geworden ist, weil ich so schlecht sehe. Glücklicher macht mich das jedoch nicht.

Doch wenn Marco heimgeht, kann ich vielleicht für ihn einspringen. Ich fasse mir ein Herz und laufe zu den Jungs.

Filippo schaut mich über seine Brille hinweg an. Auch er trägt eine, was mir erst jetzt auffällt, weil sie ein randloses Gestell hat.

»Vergiss es. Du bist ein Mädchen. Du weißt gar nicht, wie das geht.«

»Das stimmt nicht. Ich war in der Schulmannschaft ein Jahr lang im Tor. Frag ihn!«

Ich zeige auf einen aus meiner Klasse, auf Kevin. Die anderen schauen ihn an.

»Ja, das stimmt, sie war in meiner Mannschaft. Aber ich weiß nicht, ob …«

Vermutlich hat er Angst, ich könnte einen Fehler machen und ein Tor kassieren.

»Ich hab sogar gelernt, wie man in die Ecke hechtet«, sage ich zu Filippo. »Also los, stell mich ins Tor.«

Er mustert mich skeptisch. Die anderen schweigen. Bis auf einen, der herummault, weil ich ein Mädchen bin.

»Wenn du nicht mitkicken willst, geh doch nach Hause«, sagt Filippo und gibt ihm einen Rippenstoß. Der Meckerer blitzt ihn wütend an, reiht sich dann aber doch in seine Mannschaft ein. Während die restlichen Jungs sich noch verteilen, gehe ich schon mal aufs Tor zu, das durch zwei auf dem Boden liegenden Jacken markiert wird. Dann zückt Chiaras Freund (oder Exfreund?) die Trillerpfeife. Das Spiel beginnt.

Meine Mannschaft ist die bessere, denn meine Mitspieler drängen sich gleich vor dem gegnerischen Tor und versuchen, einen Treffer zu landen. Dann bekommt plötzlich einer der anderen den Ball und stürmt auf mich zu, während ihm alle laut hinterherbrüllen. Zur Sicherheit verlasse ich das Tor. Der Schuss ist ziemlich lahm, trotzdem verliere ich den Ball, weil ich ihn zu spät gesehen habe und er meinen Fingern entwischt. Oh Gott, wenn er im Tor landet, bringen sie mich um! In letzter Sekunde gelingt es mir, ihn wieder zu packen, und ich schieße ihn weit weg.

Filippo spielt total unfair und überlässt seinen Mannschaftskollegen so gut wie nie den Ball. Das merke ich daran, dass meine Mitspieler reihenweise zu Boden gehen und »Foul!« brüllen, wo immer er gerade ist. Schließlich schafft es aber einer aus unserer Mannschaft, ihm den Ball abzujagen, und nach einiger Verwirrung begreife ich, dass er ein Tor geschossen hat, weil meine Jungs jubelnd übers Spielfeld rennen und den Pulli übern Kopf ziehen wie die großen Fußballer. Ich mache es ihnen nach, dabei verfängt sich der Pulli in meiner Brille, aber wen stört das schon.

Das Spiel geht allerdings weiter, und während ich noch dabei bin, den Pulli über meinen Bauch zu ziehen, kommt Filippo schon mit dem Ball angerannt. Nur ich stehe noch zwischen ihm und dem Tor.

Ich fange an zu schwitzen, und meine Brille beschlägt, diesmal nicht, weil ich weine, sondern wegen der Hitze. Darum erkenne ich auch nicht richtig, was vor mir passiert. Breitbeinig stelle ich mich hin, strecke die Arme aus. Verschwommen sehe ich, wie Filippo mit dem Fuß ausholt, um noch im Laufen zu schießen, als sein Schuss auch schon heftig gegen meine linke Schulter prallt, und ich den Ball neben mir aufspringen höre. Ich versuche, den Schmerz zu ignorieren und den Ball zu packen, sehe aber bloß noch etwas Weißes aufs Tor zusausen, während die gegnerische Mannschaft »Eigentoooor!« johlt und wie wir vorhin Runden dreht.

Meine Mannschaftskollegen kommen wütend auf mich zugelaufen, brüllen auf mich ein, aber ich … ich habe den Schuss einfach nicht kommen sehen.

Vielleicht sollte ich wirklich aufhören, Fußball zu spielen.

Ich hebe meine Jacke auf, die ich zu den anderen auf den Boden gelegt habe, und gehe in die Richtung, in der ich das Auto meiner Eltern vermute. Keiner versucht, mich aufzuhalten. Ich verabschiede mich nicht mal von Chiara.

Hinter mir höre ich Filippo rufen: »Los, weiter geht's! Wer will ins Tor?«

Cosimo, was ist los? Ich dachte, du bist mein Freund. Und Freunde helfen einander. Du zum Beispiel hast gern mit den Kindern aus Ombrosa gespielt. Und wenn sie Obst geklaut haben, hast du für sie oben in den Ästen Schmiere gestanden. Siehst du, jeder hat jemanden, der einem hilft. Darum kannst du doch jetzt auch mir helfen. Denn ich hab niemanden, bloß Ottimo Turcaret, der nicht sprechen und sicher auch nicht Fußball spielen kann. Du hingegen hast die Bande von Kinderdieben, Viola und sogar einen kleinen Bruder.

Und wenn ich so drüber nachdenke, frage ich mich, ob meine Oma nicht auch bei dir ist, schließlich ist ihr Geist zu dem Riesen in meinen Baum auf dem Schulhof gezogen. Neben all deinen anderen Freunden hast du also auch noch eine Oma! Du musst ihr sagen, dass sie mir ein Signal, ein Zeichen, was auch immer schickt. Denn sonst glaub ich nicht, dass sie bei dir ist und du wirklich versuchst, mir zu helfen.

Denn du wirst mir doch helfen, Cosimo, nicht wahr? Denn sonst … sonst lass ich deinen Bruder durch die Kraft meiner Gedanken aus deinem Buch verschwinden und setze ihn stattdessen hier in die Welt – auch wenn ich noch nicht sicher weiß, wie man hier unten einen kleinen Bruder bekommen kann.

8

»Was iste?«

Inzwischen spricht Estella sehr gut Italienisch, nur manchmal macht sie noch den ein oder anderen Fehler. Sie steht vor der Tür ihrer Hausmeisterloge und guckt mich so durchdringend an, dass mir ihre schwarz geschminkten Augen für einen Moment wieder Angst einjagen.

»Nichts, wieso?«

»Du schaust wie jemand, dessen Kater gestorben ist.«

»Ottimo Turcaret geht es hervorragend, danke der Nachfrage.«

Estella ist auf Ottimo Turcaret nicht sonderlich gut zu sprechen: Sie ist fest davon überzeugt, dass er sein Geschäft im Biogemüsebeet der Schule verrichtet, wenn er nach dem Unterricht am Tor auf mich wartet.

Aber auch wenn sie meinen Kater nicht mag, merkt sie doch immer sofort, wenn ich bedrückt bin. Auch sie hat das dritte Auge.

»Na los, sag schon, was ist passiert?«

Ich gehe an ihr vorbei in die Hausmeisterloge, setze mich auf ihren Stuhl mit den Rollen und beginne, mich mithilfe meiner Füße langsam im Kreis zu drehen.

»Nichts. Ich richte bloß ständig Chaos an.«

Mit einem Wink scheucht mich Estella von ihrem Stuhl, nimmt selbst darauf Platz und wühlt dann ganz hinten in der Schublade nach zwei Tüten Kartoffelchips, die sie garantiert ein paar Schülern abgenommen hat, da ungesundes Knabberzeug an unserer Schule verboten ist. Sie reißt sie auf, streckt mir eine hin, und schweigend beginnen wir zu futtern.

»Du sorgst immer für Chaos, Mafalda«, sagt Estella nach einer Weile. »Du bist einfach so.«

Ich höre auf zu kauen und starre auf meine Füße.

»Gar nicht wahr. Das liegt nur daran, dass ich nicht mehr sehen kann.«

Vor meine gesenkten Lider schiebt sich ein Kartoffelchip.

»Wie viele sind das?«

Ich runzele die Stirn.

»Einer.«

»Du siehst doch noch.«

Mit zusammengepressten Lippen schütte ich die restlichen Chips aus meiner Tüte in den Papierkorb unterm Tisch. Ich kann die Tränen kaum noch zurückhalten.

»Wen interessiert schon, wie viele Chips ich noch sehe! Ich will Fußball spielen! Ich will den Ball kommen sehen!«

»Und ich will morgen auf den Mond fliegen.«

Ich schnappe nach Luft. Wenn sie so ist, würde ich ihr am liebsten gegen's Schienbein treten! Oder ihr mittels der Kraft meiner Gedanken ein Pflaster auf den Mund kleben! Oder … Doch im selben Moment grinst sie mich mit ihren pinkfarbenen Lippen breit an – und ich muss ebenfalls grinsen, weil ich mir vorstelle, sie könnte morgen tatsächlich nicht in der Schule sein und mich mittags anrufen, um mir zu erzählen, dass sie gerade auf dem Mond spazieren geht.

Estella wischt sich ein paar Krümel vom Mund und knüllt ihre Tüte zusammen.

»Weißt du, Mafalda, eigentlich ist es gar nicht so wichtig, dass man alles sehen kann.«

»Natürlich ist das wichtig! Wenn ich Fußball spielen will, muss ich den Ball sehen können!«

»Ist dir das Fußballspielen denn so wichtig?«

»Ja, das ist es!«

»So wichtig, dass du vor Kummer stirbst, wenn du nicht Fußball spielen kannst?«

Ich überlege kurz.

»Hm … na ja, sooo wichtig dann auch wieder nicht.«

Estella wirft die Chipstüte in den Papierkorb.

»Dann ist es auch nicht wesentlich für dich.«

»Was meinst du mit ›wesentlich für mich‹?«

Wortlos wischt sich die Hausmeisterin die Hände an einem Papiertaschentuch ab und bückt sich nach ihrer Handtasche, aus der sie ein schmales Buch zieht. Kurz blättert sie darin und fordert mich dann mit dem für sie typischen Wedeln einer Hand auf, mich hinter sie zu stellen. Über ihre Schulter gebeugt, versuche ich zu entziffern, was da steht, mühe mich aber vergeblich: Die Buchstaben sind viel zu klein für mich, ich sehe nur reglose, winzige schwarze Ameisen.

»Was ist das für ein Buch?«

Statt einer Antwort beginnt Estella laut zu lesen: »›Lebe

wohl‹, sagte der Fuchs. ›Hier ist mein Geheimnis. Es ist sehr einfach: Man sieht nur mit dem Herzen gut. Das Wesentliche ist für die Augen unsichtbar.‹«

»Das ist aus ›Der kleine Prinz‹!«

»Genau.«

»Und was hat das jetzt mit mir zu tun? Ich weiß immer noch nicht, was für mich wesentlich ist.«

»Weißt du noch, was für den kleinen Prinzen wesentlich war?«

»Hm … seine Rose, denke ich.«

»Und, konnte er sie sehen?«

»Nein. Weil er sie auf seinem Planeten zurückgelassen hat.«

Gespannt sehe ich die Hausmeisterin an, warte darauf, dass sie es mir noch besser erklärt.

Doch wie üblich hoffe ich umsonst.

Stattdessen steht sie auf, packt mich mit beiden Händen an den Schultern und sagt: »Finde deine Rose, Mafalda. Das, was *für dich* wesentlich ist. Das, wozu du keine Augen brauchst.«

Ohne ein weiteres Wort dreht sie mich um und schiebt mich hinaus auf den Flur.

Verwirrt bleibe ich stehen, starre auf die Tür, die vor meinen Augen ins Schloss gefallen ist – bis mir auf einmal bewusst wird, dass ich viel zu spät zum Reliunterricht komme. Aber was soll's, der ist ohnehin todlangweilig – drum danke auch dafür, Estella!

Ich schlendere los und habe das Ende des Flurs beinahe erreicht, als ich höre, wie die Tür der Hausmeisterloge noch einmal aufgeht, und Estella mir nachbrüllt:

»Im Übrigen wird hier kein Essen weggeworfen!«, ruft sie mir hinterher. »Das nächste Mal klaubst du die Chips wieder aus dem Papierkorb und bringst sie deinem schrecklichen Kater!«

Kaum sind meine Eltern am Abend aus dem Zimmer gegangen, lehne ich mich mit meinem Heft gegen das Kopfteil des Betts, schlage eine neue Seite auf und zücke meinen schwarzen Stift, während Ottimo Turcaret es sich auf meinen Füßen gemütlich macht.

»Das, wozu du keine Augen brauchst«: Das ist schwer ... wenn nicht sogar unmöglich, ohne Augen geht doch so gut wie gar nichts ... Oh Mann, es ist so unfair! Warum muss ausgerechnet ich diesen Stargardt-Nebel bekommen?! ... Mir fällt echt nichts ein ...

Frustriert streiche ich »*Mit den Jungs Fußball spielen*« von meiner Liste, pfeffere das Heft unters Bett und schalte das Licht aus.

Heute Morgen sah der Kirschbaum aus, als hätte er kastanienbraunes Haar mit hellen Strähnchen, so wie meine Mama. Eins, zwei, drei ... dreißig, vierzig, sechzig, achtzig ...

Hundertzwanzig Schritte waren es zum Schluss.

Zwischen mir und meinem Kirschbaum liegen noch sechzig Meter.

100 SCHRITTE

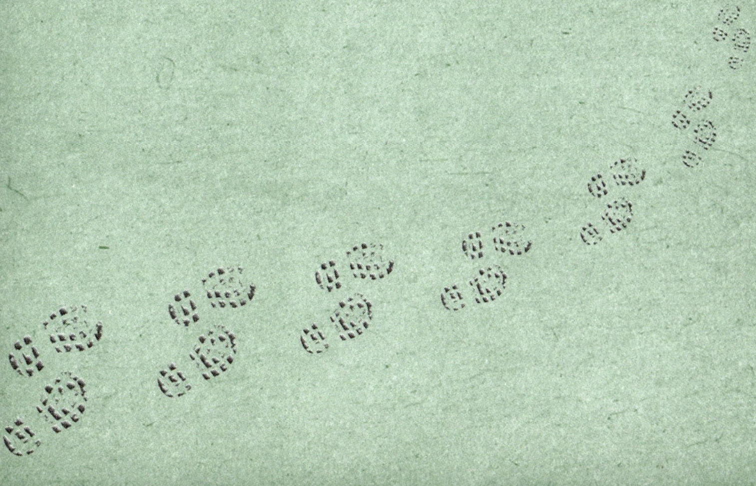

9

Ich bin super im »Kuh-mit-verbundenen-Augen«-Spielen.

Ja, ja, ich weiß, dass das nicht wirklich so heißt. Aber ich kann das Wort »blind« nun mal nicht ausstehen. Ich bin lieber eine Kuh mit verbundenen Augen, denn dann dauert die Dunkelheit nur so lange, wie man spielt. Ganz toll wäre es übrigens, einmal von dem Spiel zu träumen, um dann beim Aufwachen festzustellen, dass meine Augen bloß verbunden gewesen sind, weil ich nach dem Abnehmen der Augenbinde wieder so gut sehe wie früher.

Wie gesagt, ich bin super in dem Spiel. Deshalb wollen die Nachbarskinder es auch nicht mehr mit mir spielen. Sie glauben, dass ich schummele, ich finde sie nämlich in Nullkommanichts. Dabei gibt es da einen ganz simplen Trick: Bleibt man reglos in ihrer Mitte stehen, hört man ganz genau, wenn sich jemand bewegt. Darauf achtet nur keiner von ihnen. Und weil ich mit dieser Methode immer gleich alle fange, werden sie wütend, behaupten, ich würde hinter der Augenbinde hervorlinsen. Nur um dann gleich ihre Dragonball-Karten hervorzuziehen. Da kann ich nämlich nicht schummeln, weil ich die Motive darauf nicht mehr erkennen und darum auch nicht mitspielen kann.

Und so bin ich heute wieder allein im Garten. Mama

lässt mich unten, während sie duscht, aber noch bevor sie sich richtig abgetrocknet hat, ruft sie mich zurück ins Haus. Mama duscht superschnell, sie fönt sich nicht mal die Haare, um gleich wieder nach mir sehen zu können. Was bedeutet, dass ich gerade mal acht, neun Minuten allein draußen sein kann, wenn überhaupt.

Ich habe mir einen weichen Schal aus ihrem Schrank ausgeliehen, einen breiten schwarzen, damit ich nicht mal aus Versehen durchlinsen kann. Vor dem Geräteschuppen verbinde ich mir damit die Augen. Ich will zum Zaun am anderen Ende des Gartens gelangen, ohne die Arme vor mir auszustrecken wie ein Zombie und natürlich ohne hinzufallen. Keine Ahnung, warum ich dieses Spiel spiele, aber seit ein paar Tagen habe ich einfach Lust auszuprobieren, wie es sich anfühlt, wenn es um einen herum zappenduster ist. Bei den ersten Malen war es so gruselig, dass ich mir die Augenbinde nach drei, vier Schritten runtergerissen habe. Doch inzwischen klappt es ganz gut.

So im Dunkeln zu laufen ist schon komisch. Es ist, als würde man in einem See voller schwarzer, raschelnder Blätter schwimmen, umstellt von Bäumen mit Ästen, die nach einem greifen. Deshalb kommt man nur langsam und mit einem mulmigen Gefühl voran. Aber irgendwie ist man auch ganz bei sich, selbst wenn man das Gefühl nicht loswird, von irgendwem beobachtet zu werden – und damit meine ich jetzt nicht Mama auf dem Balkon.

Oma hat immer gesagt, dass man nichts versteht, solange man es nicht ausprobiert hat. Darum setze ich nun einen Schritt vor den anderen, während meine Finger über die vertrockneten Hortensien an der Hofmauer gleiten. So orientiere ich mich, um nicht irgendwo mitten im Garten zu landen. Mit verbundenen Augen laufe ich nämlich immer in die falsche Richtung, auch wenn ich mir einbilde, geradeaus zu gehen.

Doch kaum habe ich ein paar Meter geschafft, streicht mir etwas Flauschiges um die Beine und bringt mich fast zu Fall. Ottimo Turcaret! Ich nehme ihn hoch und drücke ihn mit der freien Hand an meine Brust, während ich Schritt für Schritt weitergehe. Er schnurrt wohlig, ist warm und ziemlich schwer. Wüsste ich nicht, dass er grau ist, könnte ich schwören, dass er eine von diesen orangeroten Katzen mit gigantischem Kopf und fettem Hals ist. Katzen mit rotem Fell sind immer besonders fett, keine Ahnung, warum. Im selben Moment fällt mir ein, dass ich nicht weiß, ob man noch Farben erkennt, wenn es um einen herum dunkel ist. Das muss ich Mama und Papa unbedingt noch fragen.

Als meine Fußspitze gegen eine Holzlatte stößt, bleibe ich stehen. Während ich noch überlege, ob ich nun kehrtmachen oder weiter dem Zaun folgen soll, höre ich auf einmal quietschende Fahrradbremsen in nächster Nähe.

»Hallo.«

Hastig reiße ich den Schal herunter. Kurz lässt das Nachmittagslicht winzige Sterne in meinen Augen explodieren, nach ein paar Mal blinzeln ist es jedoch vorbei, und ich entdecke Filippo. Die Fäuste in die Hüften gestemmt, die Beine gespreizt und sich mit den Zehenspitzen abstützend, sitzt er auf einem gelben Damenrad, das vermutlich seiner Schwester oder Mutter gehört. Er trägt dieselbe blaue Jacke wie an Allerseelen, obwohl das bereits über einen Monat her und es inzwischen kalt ist. Na ja, wahrscheinlich findet er es super, dass sein Name groß hinten draufsteht und ihn so alle schon von Weitem erkennen.

Zu gern würde ich jetzt zur Haustür laufen, um nicht mit ihm reden zu müssen. Ich würde mich zwar wehren, aber ich habe trotzdem Schiss, dass er mich verkloppt wie die anderen. Ich drücke Ottimo Turcaret fester an mich, auch wenn ich nicht glaube, dass er mich beschützt. So was machen nur Hunde, Katzen sind Opportunisten. Die wissen ja nicht mal, wie man von einem Kirschbaum wieder runterkommt.

»Hast du eine Ahnung, warum Katzen nicht wissen, wie man von einem Baum runterkommt?«

Es ist mir einfach so rausgerutscht. Oma hat zwar immer gesagt, dass es keine dummen Fragen gibt – aber jetzt komme ich mir doch ziemlich dumm vor.

»Was??«

Filippo ist vom Sattel gerutscht, und seine Hände drücken die Bremshebel, obwohl er längst steht. Meine Frage scheint ihn überrumpelt zu haben.

»Ach, vergiss es.«

»Wohnst du hier?«

»Du weißt ja nicht mal, wer ich bin.«

»Natürlich weiß ich das. Du bist die vom Fußball.«

»Ich heiße Mafalda.«

»Und ich Filippo.«

Ich setze Ottimo Turcaret auf den Boden.

»Ich weiß.«

Filippo neigt sich mitsamt dem Rad zur Seite und

streckt eine Hand zwischen den Zaunpfosten hindurch, um Ottimo Turcaret zu streicheln. Kurz erstarre ich, weil ich Angst habe, dass er grob zu ihm ist, aber Filippo krault ihn ganz sanft hinter den Ohren, was meinem Kater anscheinend sehr gut gefällt.

»Wie heißt er?«

»Ottimo Turcaret.«

»Dein Kater hat einen Nachnamen?«

»Einen Doppelnamen. Stammt aus einem Buch.«

»Echt? Aus was für einem?«

»Kennst du bestimmt nicht, ist für Erwachsene. Es ist das Lieblingsbuch von meinem Papa.«

»Mein Vater liest auch gern. Vor dem Einschlafen hat er mir immer was vorgelesen.«

»Meiner macht das auch.«

Es ist sicher nicht nett, ihn jetzt zu fragen, warum er in der Vergangenheitsform von seinem Papa gesprochen hat. Vielleicht haben sich seine Eltern ja getrennt, und sein Papa wohnt jetzt nicht mehr bei ihnen? Die meisten werden jedenfalls richtig sauer, wenn man wissen will, ob sie Scheidungskinder sind. Darum halte ich besser den Mund.

»Und, wie heißt es?«

»Wie heißt was?«

»Na, das Lieblingsbuch von deinem Papa.«

Eigentlich habe ich keine große Lust, es ihm zu verraten, aber er hat jetzt wieder die Fäuste in die Hüften gestemmt, darum riskiere ich lieber nichts.

»›Der Baron auf den Bäumen‹.«

»Hast du's gelesen?«

Warum interessiert ihn das?

»Ja, mein Papa hat's mir vorgelesen.«

»Du hast es also nicht selbst gelesen.«

Ich runzele die Stirn.

»Das kommt doch aufs Gleiche raus.«

Filippo beugt sich vor und stützt die Ellbogen auf den Zaun.

»Hat er's dir vorgelesen, weil du blind bist?«

Ich spüre, wie ich rot anlaufe und meine Brille beschlägt.

»Ich bin nicht blind.«

Ich drücke Ottimo Turcaret fest an mich und drehe mich auf dem Absatz um, als mir Mamas Schal herunterfällt. Schnell bücke ich mich danach. Doch meine Hand greift ins Leere.

»So richtig viel siehst du aber auch nicht mehr, oder?«

Statt einer Antwort kehre ich ihm den Rücken zu, setze meinen Kater ab und knie mich ins kalte Gras, um mit beiden Händen nach dem Schal zu tasten. Wie gemein von ihm! Ich habe ihn schließlich extra nicht nach seinen geschiedenen Eltern gefragt!

Da höre ich kurz ein Pedal sirren, ein metallisches Scheppern und anschließend einen dumpfen Aufprall neben mir. Ein Paar Turnschuhe schiebt sich in mein Blickfeld.

»Verschwinde«, sage ich, ohne aufzusehen.

»Hier.«

Wen jemand »hier« sagt, gibt er einem normalerweise etwas. Reflexartig strecke ich eine Hand aus – und berühre weichen Stoff. Mamas Schal.

»Mafalda!«

Mamas besorgte Stimme kommt vom Balkon.

Kurz geht mir durch den Kopf, dass sie heute länger als acht, neun Minuten geduscht hat. Wie gewohnt mache ich mich sofort auf den Weg zur Haustür, als mir einfällt, dass man sich eigentlich bedanken sollte, wenn einer was für einen wiederfindet. Noch dazu, wenn man es sich bloß ausgeliehen hat, ohne zu fragen.

Ich bleibe stehen und drehe mich noch mal um – sehe aber nur noch, wie sich eine blaue Wolke davonmacht.

»Komm endlich, Mafalda!«

Solange Mama vom Balkon aus zu mir runterschaut, habe ich jedenfalls keine Lust, ihm laut »Danke!« hinterherzurufen.

Als die Haustür hinter mir ins Schloss fällt, höre ich, wie sein fröhliches Fahrradklingeln leiser und leiser wird. Keine Ahnung, wohin der Besitzer der Klingel unterwegs ist, aber ihr Klingeling klingt glücklich und frei. Wie gern würde ich ihn zurückrufen, ihn bitten, mich auf seinem Gepäckträger mitzunehmen. Ich bin schon so lange nicht mehr mit dem Rad herumgesaust, geschweige denn zu Fuß. Aber er ist frei, er hat nur eine randlose Brille mit dünnen Gläsern und kann tun und lassen, was er will. Ich dagegen sitze in einem Gefängnis mit Gitterstäben aus Nebel und bin ganz allein, denn alle anderen Häftlinge sind längst begnadigt worden.

In meinem Zimmer werfe ich mich aufs Bett und ziehe mein Heft hervor. Ich schlage es auf der zweiten Seite auf, auf der mit den geheimen, superwichtigen Dingen, und streiche mit meinem schwarzen Stift den verschlüsselten Satz »*Nicht allein sein*« durch.

10

Als ich heute Morgen in die Schule komme, liegt ein kleiner zusammengefalteter Zettel auf meiner Bank.

Auf den ersten Blick halte ich ihn für einen weißen Schmetterling, doch dann fällt mir ein, dass das nicht sein kann. Zu dieser Jahreszeit ist es schon viel zu kalt für Schmetterlinge, die sind längst alle im Urlaub oder schlafen in einem Baum wie Oma und ihr Riese.

Ich bekomme sonst nie Zettel zugesteckt. Zwar werfen meine Mitschüler oft Taschentuchpackungen mit Zetteln durch den Raum, sobald die Lehrerin sich zur Tafel umdreht, doch bei mir landet nie eine. Ich sitze ganz vorne in der ersten Reihe, weil ich die Schrift an der Tafel nur noch so erkenne. Natürlich bekomme ich mit, wie die Botschaften hinter meinem Rücken hin und her fliegen, und manchmal prallt auch ein Päckchen gegen meine Schulter. Doch ich reagiere längst nicht mehr darauf. Einmal habe ich mich nämlich gebückt, um eins aufzuheben, und in dem Moment hat die Lehrerin es gemerkt und mir eine Standpauke gehalten, weil sie dachte, *ich* hätte den Zettel geschrieben. Und meine Mitschüler? Die haben nur alle gekichert.

Dieser Zettel hier ist aber nur für mich bestimmt. Ich

stecke ihn in die rechte Tasche meiner Schuluniform, weil er privat ist und ich ihn ungestört lesen will.

In der großen Pause laufe ich aufs Mädchenklo und schließe mich in eine Kabine ein.

Meine Klassenkameraden sollen mich nicht lesen sehen. Mittlerweile muss ich nämlich mit der Nase ganz nah an das Blatt rangehen. Ganz, ganz nah, wie die uralten Leute im Supermarkt, die das Mindesthaltbarkeitsdatum auf der Salatpackung nicht mehr entziffern können. Letzte Woche hat Papa mir deswegen zwar eine Lupe gekauft, aber nie und nimmer werde ich die vor den anderen benutzen, auch wenn er meint, dass ich damit so cool aussehe wie sein englischer Lieblingsdetektiv Sherlock Holmes, von dem er mir schon öfter vorgelesen hat.

Ich entfalte den Zettel. Darauf steht: »Sobald du Fragen beantworten sollst, wirst du knallrot. Und das ist süß, Prinzessin … oder besser gesagt: kleine Baronin.«

11

Im Winter sieht mein Kirschbaum auf dem Schulhof furchtbar traurig aus. Seine Blätter machen zusammen mit den Schmetterlingen Urlaub, und seine Blüten hat der Riese ja schon im Frühling von den Zweigen gepflückt, um sich daraus eine Decke zu machen.

Ohne sein schönes Blätterdach kann ich ihn nicht mehr von sehr weit erkennen. Noch gerade mal hundert Schritte. Darum freue ich mich jetzt umso mehr über Estellas Pfiff, der mir beim Einbiegen in die Straße verrät, dass ich bald bei ihm bin. Na ja, wenn sie nicht wäre, würde Papa es mir sagen, der mich tagein, tagaus begleitet. Anfangs war ich noch zu klein, um allein zur Schule zu gehen. Jetzt, wo ich alt genug bin, habe ich den Stargardt-Nebel und werde nie ohne einen Erwachsenen auf die Straße dürfen. Was für ein Mist, dass Ottimo Turcaret kein Hund ist wie Cosimos Dackel. Er könnte mich führen … Na ja, wahrscheinlich müsste man ihn ganz schön lang dressieren, denn der Schlaueste ist er nicht gerade. Aber ich liebe ihn trotzdem – denn wer hat schon einen Kater, der am Schultor auf einen wartet.

Bei Schulschluss müssen wir uns eigentlich in Zweierreihen aufstellen und gemeinsam hinaus auf den Schulhof gehen. Aber kaum klingelt es, stürmen meine

Klassenkameraden so schnell aus dem Zimmer, dass unsere Lehrerin kaum hinterherkommt und darum nie genau weiß, ob alle von ihren Eltern abgeholt worden sind.

Mich bringt immer Estella ans Tor, meine Eltern haben sie darum gebeten. Heute wartet sie allerdings nicht vor der Klassenzimmertür, und so gehe ich allein in die Eingangshalle zur Hausmeisterloge, um zu erfahren, wo sie steckt.

Dort treffe ich allerdings nur auf den dienstältesten Hausmeister. Der Glatzkopf mit dem T-Shirt voller Soßenspritzer brummt, dass sie zum Arzt gegangen ist, doch als ich wissen will, warum, schlägt er mir die Tür vor der Nase zu, ohne mich auch nur zu fragen, ob er mich zum Tor bringen soll. Nun denn, von ihm war nichts anderes zu erwarten. Er hockt den lieben langen Tag in der Loge, trinkt einen Kaffee nach dem anderen und lässt seine Kollegen die Arbeit tun. Geschäftig wird er nur, wenn sich ein Kind verletzt. Dann kommt er angeschlurft, desinfiziert das Knie mit Jod und klebt ein Pflaster drauf – so grob, dass es mehr wehtut als zuvor.

Ich mache mich also allein auf den Weg, steige langsam die Treppe hinunter, überquere den Hof und bleibe neben dem Tor stehen. Meine Eltern wollen, dass ich dort auf sie warte. Manchmal verspäten sie sich nämlich um ein paar Minuten, weil beide im Nachbarort arbeiten und hin und wieder im Stau stecken bleiben.

Es ist fast niemand mehr zu sehen. Der Schulbus ist weg, die Autos der anderen Eltern fahren davon. Als die letzten Kinder fröhlich schreiend mit dem Fahrrad an mir vorbeisausen, glaube ich eine Klingel und Bremsgeräusche zu hören, die mir bekannt vorkommen. Und als er sich aus dem verschwommenen bunten Haufen löst, erkenne ich auch seine blaue Jacke wieder.

»Hallo.«

»Hallo.«

»Wartest du auf deine Eltern?«

Wie neulich streicht mir praktisch im selben Moment etwas Flauschiges um die Beine. Ich nehme Ottimo Turcaret auf den Arm – und beschließe kurzerhand, allein nach Hause zu gehen.

»Nein, ich hab auf ihn gewartet.«

Filippo streicht Ottimo Turcaret über den Kopf, als ich an ihm vorübergehe, doch ich bleibe nicht stehen. Mama wird stinksauer sein, wenn sie gleich kommt und ich weg bin, womöglich glaubt sie sogar, man hat mich entführt. Aber ich laufe trotzdem weiter, denn Filippo soll denken, dass ich wie alle anderen allein nach Hause laufe.

Schritt für Schritt gehe ich den Bürgersteig entlang und bemühe mich, dabei vollkommen gelassen zu wirken. Wenn mir allerdings jetzt Mamas Auto entgegenkommt, werde ich jede Menge Ärger kriegen und mich furchtbar vor ihm blamieren. Kurz entschlossen nehme ich die erste Straße rechts und dann die nächste links.

Neben mir höre ich wieder das Quietschen seiner Bremsen.

»Ist das ein Schleichweg?«, fragt er und fährt langsam neben mir her.

Ich spüre, wie mir das Blut in den Kopf steigt. Ich

Idiot! Ich habe völlig vergessen, dass er ja weiß, wo ich wohne!

»Wenn du mich fragst, läufst du gerade in die falsche Richtung. Komm, ich bring dich heim.«

»Nein danke, nicht nötig.«

Am besten biege ich gleich noch mal ab, vielleicht werde ich ihn ja so los. Warum folgt er mir bloß? Ist es wegen Ottimo Turcaret? Will er ihn mir klauen? Er scheint ihn sehr zu mögen ... Verflixt, jetzt habe ich nicht aufgepasst und die Orientierung vollkommen verloren. An der nächsten Ecke kneife ich die Augen zusammen und versuche, das Straßenschild zu entziffern, doch anstelle der Buchstaben sehe ich mal wieder nur schwarze Ameisen.

Und Filippo ist immer noch hinter mir.

»Ich hab dir doch gesagt, dass du dich verlaufen hast. Komm schon, ich bring dich heim.«

Ich schüttele den Kopf.

»Wie? Willst du denn nicht nach Hause?«

»Nee, ich bummele noch ein bisschen.«

Da fällt mir etwas ein, und ich beginne, den Randstein entlangzubalancieren, setze immer einen Fuß vorsichtig vor den anderen.

»Was machst du da?«, höre ich wieder Filippos Stimme.

»Ein Spiel.«

»Was für ein Spiel?«

»Man muss auf der Bordsteinkante balancieren, und wenn man danebentritt, stürzt man in einen See aus Lava und wird von den Krokodilen gefressen.«

»Krokodile in einem See aus Lava?! Wie sollen die da drin bloß überleben?«

»Mann, das ist doch nur ein Spiel. Wenn man danebentritt, hat man jedenfalls verloren.«

»Und bis wohin muss man balancieren?«

»Keine Ahnung. So weit wie möglich.«

»Das ist mir zu doof.«

Kopfschüttelnd tritt Filippo in die Pedale und flitzt ohne ein Wort des Abschieds davon.

Na großartig, jetzt habe ich mich auch noch mit meinem Spiel blamiert. Und zu allem Überfluss habe ich keine Ahnung, wo ich bin. Unschlüssig kraule ich Ottimo Turcaret hinter den Ohren und fahre noch ein paar Minuten mit dem Bordsteinkantenspiel fort, denn sollte Filippo kehrtmachen, muss es so aussehen, als würde ich mir tatsächlich nur die Zeit vertreiben …

Mehr oder weniger zufällig finde ich schließlich doch nach Hause. Genau eine Stunde nach Schulschluss. Noch so was, das sich mit dem schlechter Sehen verändert: Mein Zeitgefühl wird besser. Aber das hilft mir jetzt trotzdem nicht weiter.

Das Handy ans Ohr gepresst, steht Mama vor der Einfahrt und schaut sich hektisch um. Als sie mich entdeckt, rennt sie mir entgegen, fällt auf die Knie und drückt mich so fest an sich, dass ich kaum noch Luft bekomme.

»Mafalda! Oh, Gott sei Dank, dir ist nichts passiert!«, schluchzt sie. »Du hast uns einen Riesenschreck eingejagt. Wo bist du gewesen? «

Im selben Moment hält Papas Auto hinter mir, er springt heraus und zieht mich in seine starken Arme.

Ich schaffe es nicht zu beichten, dass ich nur wegen

Filippo allein losmarschiert bin, weil ich sonst bestimmt ausgeschimpft werde. Doch sie sehen mich so besorgt an, dass ich zumindest mit der halben Wahrheit rausrücke.

»Ich wollte einmal allein nach Hause kommen. Dabei habe ich mich bloß ein kleines bisschen verlaufen. Tut mir leid«, murmele ich und mache dabei ein ziemlich zerknirschtes Gesicht.

Normalerweise funktioniert das auch. Heute leider nicht.

»Wir haben dir schon tausend Mal gesagt, dass du vor dem Schultor warten sollst!«, wettert Papa. »Du kannst nicht allein nach Hause gehen, das weißt du ganz genau! Du …«

»Giovanni«, sagt Mama und packt ihn am Arm. Seinen ganzen Namen sagt sie nur, wenn etwas passiert ist, was Papa in Rage bringt, sonst nennt sie ihn fast immer »Giò, mein Schatz«. Und so gelingt es ihr auch diesmal, die Wogen ein wenig zu glätten. Murrend, aber nicht mehr schimpfend, stapft Papa zum Haus und die Treppen hinauf.

Wir folgen ihm nach oben. In der Wohnung duftet es nach Würstelpizza – meinem absoluten Lieblingsessen!

Zehn Minuten später hat meine Mutter sie in der Mikrowelle aufgewärmt, und wir sitzen zusammen am Mittagstisch. Mama gibt mir ein Riesenstück, obwohl ich sie zu Tode geängstigt habe. Papas Stück ist mindestens genauso groß. Er sagt zwar nicht Danke, streicht ihr aber zärtlich über den Arm und sieht sie an, während sie ihm die Pizza auf den Teller schiebt.

An diesem Abend ziehe ich meinen blauen Schlafanzug an und trete mit Ottimo Turcaret ans Fenster. Fest drücke ich ihn an mich, damit ihm nicht kalt wird, und schaue hinaus, als für eine Sekunde mein Herz aussetzt.

Ich kann den Polarstern nicht sehen!

Den Mond ja, er steht direkt vor mir, hell wie eine Laterne. Aber der Polarstern, wo ist er? Normalerweise befindet er sich direkt daneben, und jetzt ist er nicht da!

Mit einem Fauchen springt Ottimo Turcaret von meinem Arm.

Das Herz hämmert mir bis zum Hals, ich zittere am ganzen Körper.

Reflexartig möchte ich nach Mama rufen, ihr sagen, dass das Zündholz vom Jesuskind ausgegangen ist, lasse es dann aber bleiben und atme stattdessen ein paarmal tief durch. Nachdem sich mein Herz wieder beruhigt hat, reibe ich mir die Augen, kneife erst das eine zusammen und dann das andere … Nichts. Die dunklen Wolken sind definitiv in meinen Augen und haben sich vor den Polarstern geschoben. Der Nachthimmel um ihn herum ist klar und wolkenlos.

Ich schließe das Fenster und tappe zu meinem Bett, während ich mir vornehme, eine von diesen Lampen auf meine Weihnachtswunschliste zu setzen, die den Sternenhimmel an die Zimmerdecke projizieren. Die ist nicht so weit weg wie der Himmel, sodass ich noch fünf, sechs, ja vielleicht sogar vierzehn oder fünfzehn der wichtigsten Sterne erkennen sollte.

Doch vorher muss ich noch was anderes tun: Ich hole mein Heft hervor und streiche »*Das Bordsteinkanten-*

spiel: Tritt man daneben, stürzt man in einen See aus Lava und wird von den Krokoldilen gefressen« aus.

Mann, Cosimo, wann hilfst du mir endlich?

In den letzten Tagen habe ich ja fast schon zu hoffen gewagt, dass es endlich so weit ist. Doch nun ist wieder was Schlimmes passiert, und darum weiß ich, dass ich dir einerlei bin. Mit deiner dicken, kuschelig warmen Fellmütze auf dem Kopf sitzt du wahrscheinlich irgendwo auf einem Ast, spielst mit dem Riesen oder meiner Oma Schach und verschwendest keinen einzigen Gedanken an mich, während ich hier verzweifelt versuche, den Monstern der Dunkelheit zu entkommen. Wenn sie mich kriegen, werden sie mich verschlingen, und was kann ich dann noch tun? Verrätst du mir wenigstens das?!

12

Es ist Weihnachten, und es regnet in Strömen. Einfach ätzend.

Der Regen prasselt so laut, dass er alles andere übertönt. Ich stehe an meinem Fenster, hauche dagegen, bis ich ein Sternchen draufmalen kann, und lehne die Stirn an die kühle Scheibe, versinke in einer anderen Welt, in der der Regen mein Herz erbeben lässt.

Ich höre nicht einmal, dass Mama mich ruft. Ich bekomme es erst mit, als sie mir eine Hand auf die Schulter legt. Es ist Zeit zum Geschenkeauspacken, sagt sie, und da fällt mir ein, dass ich niemandem von meinem Wunsch mit der Sternenlampe erzählt habe.

Es ist Vormittag, später Vormittag. Nach der Bescherung muss ich das verhasste rot-weiß karierte Kleid anziehen für unser traditionelles Mittagessen bei Onkel und Tante. Zum Glück werden auch Andrea und seine indische Freundin Ravina da sein, sodass es nicht ganz so öde wird. Ich ignoriere das Kleid, das schon auf dem Bett bereitliegt, und folge Mama ins Wohnzimmer.

Wie durch ein Wunder lebt unser Weihnachtsbaum noch. Meine Eltern haben nämlich nicht gerade einen grünen Daumen. Wir haben ihn sogar später als üblich gekauft, und trotzdem hat die Tanne, die wir wegen des

Lichts an die Balkontür gestellt haben, schon total vertrocknete Nadeln und sieht aus, als könnte sie nicht mal mehr die superleichten Weihnachtskugeln tragen. Dabei hat die Frau in dem Einkaufszentrum behauptet, dass sie im Topf mindestens bis zum Frühling hält. Na ja, vielleicht hätte Ottimo Turcaret nicht reinpinkeln dürfen. Gesehen hat das zwar niemand, aber man riecht es.

Ich setze mich auf den Teppich vor den Baum und schnuppere erst mal an allen Geschenken. Ein Glück, sie scheinen nichts abbekommen zu haben. Papa hat sie gestern Abend unter die Zweige gelegt, als er dachte, ich würde schon schlafen. Doch wie soll man bitte schlafen, wenn der Weihnachtsmann kommt?

Mit einem Lächeln drückt mir Mama ihr Geschenk in die Hand. Es ist sehr klein, in goldenes Papier eingeschlagen und mit einem roten Band umwickelt. Darin befindet sich ein MP3-Player mit Kopfhörer.

»Deine Lieblingslieder habe ich schon draufgespeichert.«

Was für ein tolles Geschenk! Damit habe ich nicht gerechnet.

»Kann ich damit auch Bücher hören?«

Überrascht schauen sich meine Eltern an. Papa kniet sich zu mir auf den Teppich.

»Woher weißt du, dass es Hörbücher gibt?«

»Von meinem Förderlehrer.«

Papa streicht mir auf dieselbe Weise über den Kopf, wie ich es immer bei Ottimo Turcaret tue. Das fühlt sich gar nicht mal schlecht an.

»Und, welche Bücher hättest du gern drauf?«

Ich schaue ihn an und schiebe mir die Brille zurück auf die Nasenwurzel.

»Als Allererstes dein Lieblingsbuch.«

»Okay«, sagt Papa lächelnd. »In den nächsten Tagen lade ich es dir drauf.«

Dann hebt er sein Geschenk auf und drückt es mir in die Hand. Im Vergleich zu dem von Mama ist es riesig und fühlt sich ganz weich an. Zögerlich packe ich es aus. Hoffentlich ist es kein Pulli. Wenn einem Väter Klamotten schenken, ist entweder die Größe falsch, oder sie bilden sich ein, dass einem eine Farbe gefällt, die man in Wirklichkeit hasst. Das darf man dann aber auf keinen Fall sagen, weil sie sonst tödlich beleidigt sind, und zudem muss man den Pulli ständig tragen.

In Papas Päckchen ist jedoch kein Pulli.

Staunend ziehe ich eine riesige Wolldecke aus dem Papier und breite sie auf dem Boden aus. Sie besteht aus lauter gestrickten, zusammengenähten Quadraten – jedes in einer kräftigen, wunderschönen Farbe: Gelb, Pink, Grün … Sacht streiche ich mit der Hand darüber. Die Wolle kratzt überhaupt nicht, sie ist seidenweich. Am liebsten würde ich mich gleich hier auf dem Teppich ausstrecken und darin eingehüllt dem Regen zuhören.

Was für ein merkwürdiges Geschenk von meinem Papa. Und meine Verwunderung scheint ihm nicht entgangen zu sein. Er rückt noch ein Stückchen näher und erklärt mir dann, dass die Decke nicht von ihm, sondern von meiner Oma ist, ihr Geschenk zu meinem zehnten Geburtstag.

»Sie hat damit angefangen, kurz bevor sie ins Krankenhaus musste, und dann bis tief in die Nacht daran gearbeitet, um die zehn Quadrate noch rechtzeitig fertigzukriegen.«

Ich starre hinunter auf die Decke, damit Papa nicht sieht, wie meine Brille beschlägt. Dann fällt mir etwas ein.

»Warum hat sie nicht acht Quadrate gemacht? Ich war acht, als sie zu dem Riesen in den Kirschbaum gezogen ist. So wäre sie viel schneller fertig gewesen.«

»Deine Oma hat Überraschungen geliebt. Sie wollte sie dir nicht schon alle zu deinem achten Geburtstag bereiten. Sie wollte, dass du auch später noch was von ihr bekommst.«

Wortlos nicke ich. Ich bin glücklich. So glücklich, dass ich beschließe, meine Geschenke – Porträts, die ich fein säuberlich von ihrem Hochzeitsfoto im Flur abgezeichnet habe – erst heute Abend auf ihre Kissen zu legen, damit die Überraschung umso größer ist. In diesem Moment fällt mir noch etwas ein.

»Aber ich werde doch heute gar nicht zehn.«

Meine Eltern sehen sich kurz an. Dann sagt Mama:

»Wir dachten, wir geben sie dir ein paar Wochen früher. Weißt du, wir konnten die Decke nicht länger vor dir verstecken. Wir konnten es einfach nicht erwarten, dein überraschtes Gesicht zu sehen.«

Schweigend starren sie eine ganze Weile zu Boden, bevor sie anfangen, ihre Geschenke auszupacken. Ich würde ihnen gerne sagen, dass ich sie verstehe, dass es eine gute Idee war, mir Omas wunderschöne Decke schon zu Weihnachten zu schenken – jetzt, wo ich sie noch in all ihrer Pracht sehen kann. Doch irgendwie will es mir nicht über die Lippen.

Ich lege mir das Geschenk um die Schultern, und als mein Blick auf die roten und blauen Flicken fällt, erinnere ich mich an das, was ich sie schon seit ein paar Wochen fragen wollte.

»Wenn es um mich herum dunkel wird – schickt ihr mich dann auf eine Farbenschule?«

Meine Eltern, die gerade einander für ihre Geschenke danken, verstummen mitten im Satz, und ich merke, dass sie nicht wissen, was sie mir darauf antworten sollen.

Ravina sieht wieder einmal wunderschön aus. Sie hat sich einen Zopf gemacht, der bis zur Taille hinunterreicht, und die Augen blau geschminkt. Sie trägt ein normales Kleid, nichts Indisches, und obwohl sie eine andere Religion hat als wir, duftet sie wie üblich nach Kirche. Sie duftet immer nach Kirche, denn ihr Parfüm riecht wie der weiße Rauch, in den unser Pfarrer immer die Kirchenbesucher hüllt.

Kaum sieht sie mich, umarmt sie mich ganz fest und überreicht mir dann ihr Geschenk – ein großes Comicposter mit einem Reiher und einem Frosch.

Der Frosch steckt mit seinem Kopf im Schnabel des Reihers, und trotzdem schafft es der Vogel nicht, ihn hinunterzuschlucken, weil ihm der kleine grüne Kerl mit den Vorderbeinen die Kehle zusammendrückt. Darunter steht in fetter Schrift »*Never ever give up!*«.

Ich frage Ravina, was das bedeutet.

»Das bedeutet: ›Gib niemals auf!‹. So wie der Frosch.«

Ich muss lachen.

»Aber er ist doch so gut wie gefressen.«

Ravina tippt mir mit ihrem Zeigefinger sanft auf die Nase.

»Noch nicht, Mafalda. Noch nicht!«

»Und wann ist dieser Kampf vorbei?«

»Wenn einer von beiden aufgibt.«

»Und wer, glaubst du, gibt zuerst auf?«

Ravina wirft einen kurzen Blick auf das Poster und schüttelt dann nur den Kopf.

»Darauf kommt es nicht an, Mafalda. Wichtig ist einzig und allein, niemals aufzugeben.«

Ich halte das Poster noch etwas näher vor mein Gesicht, um es besser betrachten zu können. Der Frosch ist in keiner sehr angenehmen Lage, Kopf und Körper stecken schon im Schnabel, nur seine Hinterbeine hängen noch heraus.

»Aber das sieht verdammt anstrengend aus!«

»Möchtest du lieber gefressen werden?«

»Iiiiii, nein! Auf keinen Fall!«

»Na dann …«

»… niemals aufgeben! Okay, ich hab's verstanden. Danke, Ravina. Noch heute Abend hänge ich es in meinem Zimmer auf.«

13

Nur zweimal im Jahr trägt Mama hohe Schuhe, von unseren Arztbesuchen einmal abgesehen: am Hochzeitstag meiner Eltern, an dem sie meist zu Hause bleiben und Papa kocht, und an Silvester, also heute.

Gerade stöckelt sie in der Küche hin und her und stellt die Gläser mit Antipasti, die sie mit Papa zubereitet hat, in einen Korb. Mich hat sie nach nebenan ins Bad geschickt, damit ich mich für den Abend bei Onkel und Tante umziehe und ein wenig mit ihrem Parfüm besprühe. Mir ist es zu stark, aber weil es ihres ist, mag ich es.

Während ich vor dem Spiegel stehe und irgendwie versuche, die Bänder mit den Strass-Steinchen zu verbergen, die sie mir auch noch ins Haar gesteckt hat, merke ich auf einmal, dass sie über was reden, das ich anscheinend nicht mitkriegen soll. Ihre Stimmen sind gedämpft, und ich höre sie nur noch tuscheln.

Auch wenn man so was eigentlich nicht macht, schleiche ich mich in den Flur. Das Klappern von Mamas Absätzen ist noch nicht verstummt. Ich spitze die Ohren, damit mir kein noch so leises Wort entgeht.

»Es wird erst mal nicht leicht sein.«

Ein Stuhl schrammt laut über den Boden. Papa muss aufgestanden sein.

»Bist du sicher, dass du das willst?«

»Ja. Außerdem bleibt uns gar nichts anderes übrig.«

»Und wenn du erst mal unbezahlten Urlaub nimmst?«

»Wozu? Es wird von Tag zu Tag schlimmer, und irgendwann muss ich sowieso den ganzen Tag bei ihr bleiben.«

Ihr, das bin ich. Ich höre sie seufzen. Mama ist stehen geblieben. Die Gläser scheinen eingepackt zu sein.

»Hast du schon mit deinem Chef darüber gesprochen?«

»Ich habe neulich mal so was angedeutet, und da meinte er, dass er meine Stunden nicht weiter reduzieren kann, weil ich schon für Mafaldas Arztbesuche so oft freibekomme. Er hat mir einen Aufhebungsvertrag nahegelegt und versprochen, mir eine anständige Abfindung zu zahlen.«

Vorsichtig trete ich einen Schritt näher. Ein Aufhebungsvertrag? Was ist das?

»Sein Wort in Gottes Ohr. Wann willst du aufhören?«

»Zum ersten Februar.«

Nun ist von Papa ein Seufzen zu hören.

»Gut. Vielleicht ist es ja auch das Beste. Dann werde ich eben noch mehr Überstunden machen. Im Übrigen sollten wir auch langsam über den Umzug nachdenken.«

Den Umzug? Ich verstehe überhaupt nichts mehr. Mir schwirrt der Kopf, als flatterten unzählige weiße Schmetterlinge von Omas Kirschbaum darin herum.

»Das Maklerbüro hat mir schon ein paar Adressen genannt. Ab Montag können wir die ersten Wohnungen in Schulnähe besichtigen.«

»Hast du ihnen gesagt, dass es keine Türschwellen geben darf?«

»Ja, hab ich. Und auch, dass wir nicht superviel zahlen können.«

Unvermittelt muss ich niesen. In der Küche wird es schlagartig still. Ja in der ganzen Wohnung herrscht eine solche Stille, dass man eine Stecknadel fallen hören könnte.

»Mafalda?«, dringt Mamas Stimme zu mir. »Bist du so weit?«

Ich drücke die Küchentür auf.

»Ja, Mama.«

Viertel vor eins. Ich liege im Bett von Onkel und Tante, während die Erwachsenen im Wohnzimmer noch irgendwas aus Mamas mitgebrachten Likörgläsern trinken und sich leise unterhalten.

Mama und Papa glauben, dass ich längst schlafe, doch ihr Gespräch vom frühen Abend hält mich wach. Wenn sie wirklich umziehen wollen, was mache ich dann? Was, wenn wir in eine Wohnung ziehen, in der ich vom Fenster aus nicht mehr den Mond sehen kann? Und Omas Haus sehe ich dann auch nicht mehr, selbst wenn inzwischen Leute darin leben, die uns nicht mal grüßen. Und Ottimo Turcaret? Was, wenn ihm die neue Wohnung nicht gefällt? Er ist unsere gewohnt – was, wenn er auch nicht woandershin ziehen will?!

Ich muss etwas unternehmen.

Neben dem Bett steht mein Rucksack mit den Kleidern für morgen, meinem Federmäppchen, Zeichenpapier und dem MP3-Player, den mir Mama zu Weihnachten geschenkt hat. Im Dunkeln krame ich ihn heraus, stecke mir die Kopfhörer in die Ohren, drücke auf »Play«. Während ich mich wieder in die Kissen kuschele, liest die kräftige Opastimme an der Stelle von Papas Lieblingsbuch weiter, über der ich gestern Abend eingeschlafen bin:

»›Wohin gehst du?‹

Wir sahen ihm durch die Glastür nach, während er in der Vorhalle seinen Dreispitz und seinen Kinderdegen ergriff.

›Das geht euch nichts an!‹

Er lief in den Garten.

Bald danach sahen wir durchs Fenster, wie er die Steineiche hinaufkletterte …«

Mit einem Ruck setze ich mich auf und drücke gleichzeitig auf »Stop«: Das ist es! Ich hab's! Ich werde auf einen Baum ziehen, genau wie Cosimo! Und zwar auf meinen Kirschbaum: Versteckt zwischen seinen Zweigen, werde ich so vor dem Fenster meines Klassenzimmers dem Unterricht folgen können, ohne dass mich jemand sieht!

Ich schalte die Nachttischlampe ein und hole Zeichenblock samt Federmäppchen aus dem Rucksack. Ich muss mich gut darauf vorbereiten, denn ist es erst mal dunkel um mich herum, kann ich nicht mehr rauf- und runterklettern, um alles mitzunehmen, was ich brauche. Ich muss dringend einen Plan machen …

Eine Weile kaue ich auf meinem Bleistift herum, und weil mir nichts einfällt, lausche ich weiter der dunklen Opastimme:

»Er war sehr adrett gekleidet und zurechtgemacht, so,

wie sein Vater wünschte, dass er trotz seiner zwölf Jahre bei Tisch erschiene: Die Haare waren gepudert, und er trug ein Band am Zöpfchen …«

Ich notiere mir, im Internet nachzuschauen, was es mit dem »Puder« auf sich hat. Aber ein Haarband und Zöpfchen habe ich immerhin schon mal. Der Anfang ist gemacht.

80 SCHRITTE

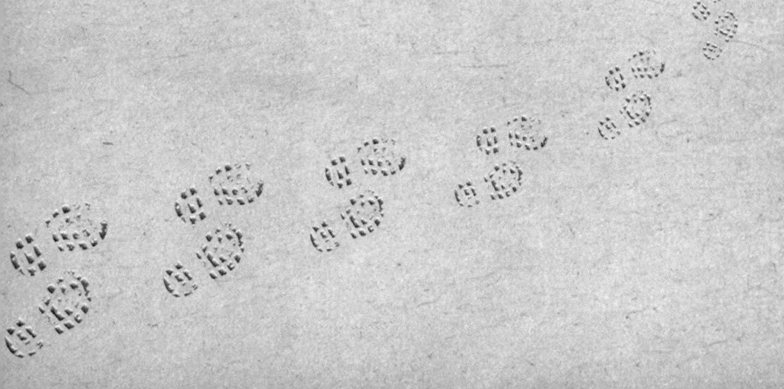

14

- *Ein Topf zum Kochen*
- *Eine Matratze, damit ich gut schlafen kann*
- *Der MP3-Player*
- *Omas Patchworkdecke*
- *Kulis, Hefte, Buntstifte*
- *Ein großer Regenschirm*
- *Ein …*

»Mafalda, was machst du da?«

Flugs lasse ich das Blatt mit den Sachen, die ich auf den Kirschbaum bringen muss, unter meinem Schulheft verschwinden. Die Lehrerin sieht es zwar, hakt aber nicht weiter nach. Sie sagt nur, dass ich besser aufpassen soll. Während ich mit dem Dinosaurier-Bleistift von Olga so tue, als würde ich eifrig mitschreiben, dreht sie sich wieder zur Tafel um.

»Es gibt also lange und kurze Muskeln …«

Pah, Muskeln: Wen juckt es schon, ob die nun lang oder kurz sind? Um nicht noch mal aufzufallen, setze ich ein konzentriertes Gesicht auf, während ich in Wahrheit weiter über meine Liste nachdenke.

Einen Topf zum Kochen … Hm, wo kriege ich eigentlich das Essen her, wenn ich in meinem Baum lebe? Ich muss also auch Proviant raufschaffen. Dann ist da noch das Problem mit dem Schlafen: Dazu brauche ich eine Luftmatratze – am besten eine ganz große, damit ich nicht runterfalle. Chiara hat so eine. Ihre Eltern hatten sie dabei, als unsere beiden Familien das letzte Mal zusammen am See waren. Das ist zwar schon ziemlich lange her, aber sie haben sie bestimmt noch. Oder sie haben eine neue gekauft, Chiaras Eltern sind nämlich ziemlich reich. Ob Chiara sie mir wohl leiht? ... Hm, wahrscheinlich nicht. Seit der Sache mit dem Glas treffen wir uns nicht mehr. Ich müsste sie mir also ausleihen, ohne zu fragen. So was macht man nicht ... Aber Robin Hood hat das schließlich auch getan: Er hat von den Reichen genommen, um es den Armen zu geben. Chiara ist reich, während ich so gut wie nichts habe, um in meinen Baum ziehen zu können.

Apropos reich: Von wem in meiner Klasse könnte ich mir noch was ausleihen? Die Lehrerin ist zum Glück vollauf damit beschäftigt, mit roter Kreide Muskeln an die Tafel zu zeichnen, und so kann ich mich unbemerkt umdrehen.

Meine Mitschüler bekommen nicht mit, dass ich sie beobachte. Eifrig beugen sie sich über ihre Hefte. Wetten, sie zeichnen was ganz anderes als die Muskeln von der Tafel? Kevin, der hinter mir sitzt, hat zum Beispiel einen grünen Stift in der Hand. Damit malt er bestimmt wieder eine seiner heiß geliebten Schlangen.

Was ganz hinten passiert, kann ich nicht erkennen, den Geräuschen nach zu urteilen, geht da jedoch so einiges vor sich. Vermutlich spielen Chiara und Martina wie so oft Schere, Stein, Papier mit den beiden Jungs vor ihnen, Christian und Lorenzo. Ha, Christian! Der ist reich! Seine Eltern haben einen Swimmingpool, und außerdem kommt er jedes Jahr mit einem neuen Rucksack in die Schule … Doch ich brauche keinen Rucksack und einen Swimmingpool noch viel weniger …

Von den Bänken am Fenster hallt ein lautes Niesen zu mir herüber.

»Iiiiiii! Voll auf mein Heft!«, höre ich Francesca eine Sekunde später kreischen. Die Ärmste hat recht, sogar ich sehe die Brot-, Fleisch- und Mayonnaisebrocken auf ihrem Heft. Ihr Banknachbar Albertino, genannt »Schweinchen Dick«, weil er ständig futtert und darum genauso prall und rosa wie die Cartoonfigur aussieht, hat wirklich einen Volltreffer gelandet!

Mit gerunzelter Stirn tritt die Lehrerin zu ihnen und staucht Schweinchen Dick zusammen, weil er während des Unterrichts gegessen hat. Schuldbewusst stopft er den halben Burger zurück in eine hübsche Dose, die er unter der Bank versteckt hat und die genauso rosa ist wie er, was alle zum Kichern bringt. Ich kann es nicht genau erkennen, aber das muss eine dieser Lunchboxen sein, die das Essen warmhält. Papa hat auch so eine, in der er sich sein Mittagessen mitnimmt, allerdings in Grün … Hm, mit so was könnte ich mein Essen auf dem Baum warm halten … Aber von Papa kann ich die Dose schlecht borgen, er braucht sie für die Arbeit. Ich muss sie also wohl oder übel Schweinchen Dick wegnehmen. Und das tut mir leid, weil er nämlich nicht sehr reich ist. Aber vielleicht hilft ihm das, sich die ständige Futterei abzugewöhnen.

Die Lehrerin hilft ihm gerade, mit einem Papiertaschentuch die Spritzer auf Francescas Heft zu beseitigen. Das dauert bestimmt noch eine Weile. Ich ziehe meine Liste unterm Heft hervor und schreibe schnell alles auf, was mir in den letzten Minuten eingefallen ist.

Als wir fünf vor eins unsere Rucksäcke packen, um gleich nach Hause zu gehen, klopft es an der Tür, und Estella kommt mit einem Papier für unsere Lehrerin herein.

Bis heute weiß ich nicht, warum sie letzten Monat beim Arzt war, an dem Tag, an dem ich wegen Filippo die Orientierung verloren habe. »Geht dich nichts an«, hat sie auf meine Frage bloß gesagt. Doch als sie gemerkt hat, dass ich mich damit nicht abspeisen lasse, hat sie hinzugefügt: »Ich war beim Katzendoktor. Hab die Chips aus dem Papierkorb gefuttert, die eigentlich dein Kater kriegen sollte.«

Damit war es mal wieder um mich geschehen: Wann immer sie mich zum Lachen bringt, ist es mit einem ernsten Gespräch vorbei.

Die Lehrerin klatscht in die Hände.

»Kinder, hört mir bitte noch mal zu! Es geht um die Klassenfahrt. Tragt bitte die Abfahrtszeit und unseren Treffpunkt in euer Aufgabenheft ein, damit eure Eltern Bescheid wissen.«

Die Klassenfahrt! Ich habe total vergessen, dass wir nächste Woche zwei Tage ins Skilager fahren! Da werden alle die Sachen dabeihaben, die ich so dringend brauche! Das ist der Glücksfall schlechthin! Ich bin so aufgeregt wegen meines Robin-Hood-Abenteuers, dass ich die von der Lehrerin diktierten Worte einfach irgendwo in mein Heft kritzele.

Als Estella, die darauf wartet, dass die Lehrerin irgendetwas abzeichnet, das sieht, beugt sie sich kopfschüttelnd zu mir herunter und flüstert:

»Komm nachher zu mir. Ich klebe dir die Klassenfahrtinfo ins Heft.«

Zehn Minuten später klopfe ich an die Tür zur Hausmeisterloge.

Ich gehe gern zu Estella, auch wenn sie oft mürrisch ist und mich dann manchmal richtiggehend zusammenfaltet – so als wollte sie mich zusammenknüllen wie eine Socke, in die Waschmaschine pfeffern und dann das Programm mit dem höchsten Schleudergang drücken. Doch wenn ich es mir recht überlege, gehe ich womöglich gerade deshalb gern zu ihr: weil sie ganz direkt ist und nie so tut, als wenn nichts wäre. So wie Mama und Papa. Oder die Lehrer. Oder die anderen Kinder. Estella sagt mir immer die Wahrheit. Ottimo Turcaret und sie sind die Einzigen, die aufrichtig zu mir sind. Und das ist mir superwichtig.

Estella kopiert gerade die Klassenfahrtinfos für mich, und so nutze ich die Gelegenheit, meinen Rucksack auf ihren Schreibtisch zu werfen und auf ihrem Drehstuhl Platz zu nehmen. Als ich mich mit den Händen vom Tisch abstoßen will, um Schwung zu holen, stoßen meine Finger gegen das Buch, das sie mir hin und wieder nach Schulschluss vorliest, wenn Mama sich verspätet.

Estella wühlt in meinem Rucksack nach dem Aufgabenheft, schlägt es an der richtigen Stelle auf und knallt es mir mit der Kopie und einer Tube Uhu auf den Tisch.

»Kleb das ein, das kriegst du noch hin.«

Gehorsam rolle ich zurück zum Tisch, verteile den Klebstoff auf dem Papier und mustere sie dann durch meine Brille.

»Sag mal, Estella, gibt es in Rumänien eigentlich keine Schriftsteller?«

»Natürlich gibt es welche, warum fragst du?«

»Weil du mir noch nie eine rumänische Geschichte vorgelesen hast.«

Da grinst sie mich mit ihren pinkfarbenen Lippen so breit an, dass es mich wieder mal glücklich macht, zu ihr gegangen zu sein.

»Weißt du, was die berühmteste Geschichte aus Rumänien ist?«

»Keine Ahnung.«

»Dracula.«

Ich springe so abrupt auf, dass sich der Stuhl allein weiterdreht.

»Dracula?! Dracula kommt aus Rumänien? Mann, ich dachte, der ist Engländer.«

Estella setzt sich, beugt sich leicht vor und grinst mich mit weit aufgerissenen Augen und offenem Mund so fürchterlich an, dass ich Gänsehaut bekomme. Und zwar eine von der schönsten Sorte! Ich liiiiiebe Gruselgeschichten!

»Dracula stammt aus Transsilvanien, das liegt mitten in Rumänien. Sein Name bedeutet übersetzt ›Sohn des Teufels‹. Meine Oma hat mir die Geschichte vorgelesen, als ich klein war. Ich bin damals fast gestorben vor Angst. Aber es war trotzdem herrlich.«

Ich gehe vor ihr auf die Knie und falte die Hände, was sie zum Lachen bringt.

»Oh bitte, Estella, liest du es mir vor wie deine Oma? Bitte, bitte, bitte!«

Sie zeigt auf den Hocker neben sich, auf dem ich sonst immer sitze.

»Du gruselst dich gern?«

»Oh ja!«

»Und warum?«

»Weiß nicht.« Ich zucke mit den Schultern. »Warum hat es dir damals so gut gefallen?«

»Ich mochte die Angst, weil ich dadurch fühlte, dass ich höchst lebendig war.«

»Genau!«, rufe ich wie aus der Pistole geschossen.

Leider ist unser Gespräch damit auch schon vorbei, denn durch die Scheibe der Loge sieht Estella, wie in diesem Augenblick ein rotes Auto vor dem Schultor hält.

»Deine Mama ist da.«

Sie steht auf und drückt mir meinen Rucksack in die Hand.

»Wir reden ein andermal weiter. Ach, übrigens …« Sie bleibt auf der Schwelle vor mir stehen. »Hast du dir inzwischen überlegt, was für dich wesentlich ist?«

Ich starre auf meine Fußspitzen. Nach einer Weile spüre ich, dass sie sich vorbeugt, bis ich ihr Gesicht direkt vor mir sehe.

»Du *musst* darüber nachdenken, Mafalda. Bald! Das ist wichtig, sehr, sehr wichtig.«

»Mach ich. Aber ich brauche einfach noch ein bisschen Zeit, okay?«

Wortlos ergreift die Hausmeisterin meine freie Hand und führt mich behutsam die Eingangstreppe hinunter. Als ich die rote Wolke von Mamas Auto vor dem Tor erkenne, lässt sie mich los.

»Dir bleiben noch zwei, drei Monate«, sagt sie, macht auf dem Absatz kehrt und ist verschwunden.

Ich laufe zu Mama, die mir von innen schon die Autotür aufhält, und steige ein. Während sie mich fröhlich mit dem neuesten Klatsch aus der Arbeit zutextet, denke ich über das nach, was mir Estella gerade gesagt hat. Ich habe nicht mehr viel Zeit, das stimmt. Doch obwohl sie recht hat und obwohl mir wichtig ist, dass sie mir die ungeschminkte Wahrheit sagt – würde ich mir doch manchmal wünschen, dass sie ein klitzekleines bisschen weniger direkt und aufrichtig ist.

Dennoch, Estella hat recht, mir bleibt nicht mehr viel Zeit. Zu Hause wartet Papa mit dem Mittagessen. Und nicht nur damit.

»Wir haben eine Überraschung für dich«, sagt er lächelnd und drückt mich einmal kurz an sich, bevor wir uns alle an den Küchentisch setzen.

Es gibt Thunfisch. Ekelhaft! Ich nehme Ottimo Turcaret auf den Schoß und füttere ihn heimlich, aber natürlich merkt Papa es bald. Statt zu lächeln, schimpft er nun. Wahrscheinlich hat er schon länger nicht mehr in seinem Lieblingsbuch gelesen. Hätte er das nur mal getan. Denn dann wüsste er, dass man Kinder nicht zwingen soll, Dinge zu essen, die sie verabscheuen. Weil sie sonst in die Bäume fliehen wie Cosimo, der keine Schnecken essen wollte.

Ich schiebe mir mit dem Löffel ein Stück Thunfisch in den Mund und sehe Papa vielsagend an. Die Umrisse seines Kopfes verschwimmen wie alles, was ich länger anschaue, sodass ich ihn mir leicht mit einer langen Lockenperücke statt seiner normalen Frisur vorstellen kann. Fast hätte ich laut gelacht, doch dann denke ich, dass mein Papa und Cosimos Vater sich vielleicht gar nicht so unähnlich sind.

Nach dem Essen will ich eigentlich gleich Hausaufgaben machen, damit ich mich danach um meinen geheimen Plan kümmern kann, doch Mama ruft mich ins Bad, wo sie mir extra straffe Rattenschwänze macht, weil sie mir jetzt ihre Überraschung vorführen wollen.

Eine Überraschung ist normalerweise etwas Schönes. Die von meinen Eltern ist eine Erdgeschosswohnung mit einem winzigen Garten, ohne Stufen oder Türschwellen, so, wie Papa es wollte, aber um einiges kleiner als unsere. In dem Zimmer, das sie mir zugedacht haben, schaue ich aus dem Fenster – und blicke auf eine Hauswand. Die Küche ist wunderschön, mit Hochglanzfronten, brandneuem Herd und Geschirrspüler, aber über uns hört man die Schritte der Nachbarn. Und neben der Haustür hängt ein Schild: »HAUSTIERE VERBOTEN.«

Während wir uns die Wohnung anschauen, versuchen Mama und Papa die ganze Zeit, aus mir rauszukriegen, was ich davon halte, aber ich zucke nur mit den Schultern und denke, dass ich mich jetzt wirklich sputen muss, um von ihnen wegzukommen.

Danach setzt Papa uns wieder zu Hause ab, er muss zurück in die Arbeit. Ich gehe in mein Zimmer und hänge das Schild »*Do not disturb*« an die Klinke, das mir Andrea von seiner Studienreise nach England mitgebracht hat.

Ottimo Turcaret schläft mitten auf Omas Decke, die über mein Bett gebreitet ist. Na ja, er schläft nicht wirklich, denn jetzt hebt er den Kopf und schnurrt, weil er wie immer gestreichelt werden will. Wie er so daliegt, muss ich an ein Bilderbuch denken, das ich mit Papa angesehen habe, als ich noch klein war. Darin büxen zwei Kinder von zu Hause aus, und statt in einem Koffer tragen sie ihre Sachen in Bündeln an einem Stock. Das ist es!

»Hey, danke für den Tipp, Ottimo Turcaret.«

Mit Schwung ziehe ich die Decke unter meinem Kater weg, der verärgert faucht, weil ich ihn dabei fast vom Bett fege. Sorgfältig breite ich sie auf dem Boden aus, lege ein paar Buntstifte, Papier und Kulis drauf, knote sie zusammen und schiebe mein Bündel unters Bett. Fürs Erste ist es dort gut versteckt. Sobald ich alles für mein Leben auf dem Kirschbaum zusammenhabe, werde ich es in meinen Schulrucksack packen. So kann ich am Tag meines Umzugs einfach so tun, als würde ich zur Schule gehen. Das mit dem Stock sieht zwar nett aus, aber damit würde ich viel zu viel Aufsehen erregen, denn heutzutage läuft doch keiner mehr so durch die Gegend.

Perfekt! Beschwingt drehe ich mich einmal um die

eigene Achse und recke den Daumen in Richtung Spiegel – doch dort sehe ich nur noch ganz verschwommen eine graue Wolke, die sich bewegt. Ich presse die Lippen zusammen, werfe mich auf mein Bett und taste im Regal am Kopfende nach meinem Heft. Ich schlage es auf der zweiten Seite auf und schaffe es gerade noch, »*Mein Gesicht im Spiegel sehen, wenn ich groß bin*« durchzustreichen, ehe meine Brille beschlägt und wirklich alles im Nebel versinkt.

Ach, Cosimo, was muss ich tun, damit du mir hilfst? Immer muss ich alles allein hinkriegen. Inzwischen bin ich zwar selbst auf die Idee gekommen, dass ich zu dir und Oma in den Baum ziehen kann, aber Unterstützung brauche ich trotzdem noch jede Menge. Du bist zum Beispiel von Baum zu Baum bis in das spanische Dorf geklettert, aber wie soll ich so was bitte schön anstellen? Ohne Augenlicht und den ganzen Wald, den es um Ombrosa gibt? Außerdem habe ich bald Geburtstag. Ich sehe schon ganz deutlich die Party vor mir, die ich machen will, wenn ich erst mal im Kirschbaum wohne: An den Zweigen sollen bunte Luftballons hängen … es gibt eine Marmeladentorte von Oma … und es läuft so laute Musik, dass einem das Gesicht kribbelt und das Herz so aufgeregt schlägt, dass man sie am liebsten noch lauter aufdrehen würde. Cosimo, wie wäre es, wenn du mir wenigstens hilfst, mein Geburtstagsfest zu organisieren?

15

In der Musikschule, in der mein Cousin Andrea Gitarre unterrichtet, ist heute Vorspielabend.

Seit Jahren will Mama, dass ich ein Instrument lerne, aber ich habe mich immer geweigert – erst recht, seit ich diesen Nebel vor den Augen habe und Noten zu einem Haufen regloser Ameisen auf schwarzen Linien geworden sind.

Trotzdem liebe ich Musik, und manchmal denke ich, dass das womöglich daran liegt, dass man sie nur hören und nicht sehen muss.

Als das Licht im Saal abgedunkelt wird, schließe ich die Augen, und gleich darauf schwebt mir eine von Gitarre, Geige und Klavier angestimmte Melodie entgegen, die meine Haut kribbeln lässt, so als würde ich an einem friedlichen Sommerabend am Saum der Meeresbrandung entlangspazieren.

»Schau, Mafalda«, flüstert Mama mir ins Ohr. »Da ist der Junge, der neulich bei dir am Schultor stand.«

Sie zeigt auf die Bühne. Ich setze mich auf, kneife die Augen zusammen, um besser zu sehen, kann aber niemanden erkennen.

»Wo?«

»Der mit dem Damenrad. Er sitzt am Klavier.«

Filippo spielt Klavier? Das kann nicht sein. Ich schüttele den Kopf. Mama muss gerade denselben Nebel vor den Augen haben wie ich.

Vorne auf der Bühne herrscht jetzt ein hektisches Gewusel, und eine Stimme kündigt den Chor der Kindergartenkinder an. Danach spielt ein Geigenquartett aus lauter Anfängern, für die Ohren die reinste Tortur. Trotzdem klatschen alle.

»Da, schau, da ist er wieder. Wie heißt er noch gleich, hast du gesagt?«

Ich sehe, wie jemand die Bühne betritt, kurz in der Mitte unter dem großen Scheinwerfer stehen bleibt und dann an einem schwarzen Flügel Platz nimmt.

»Filippo.«

»Ah ja, stimmt. Das steht auch auf seiner Jacke.«

Er ist es also wirklich!

Es wird still im Saal, als Filippo zu spielen beginnt. Ich würde gern sehen, wie seine Hände über die Tasten huschen, denn das Stück, das er spielt, hört sich ziemlich schwierig an. Und es ist wunderschön. Während ich die Augen schließe, ergreift seine Melodie von mir Besitz, nimmt mich an der Hand wie eine gute Freundin, die mich auffordert, sie zu begleiten, und so laufe und laufe ich mit ihr über eine ewig lange Klaviatur, die in meiner Fantasie zu einem Strand wird, und jede Note zu einer Welle, über die ich hinweghüpfe und dann mitten in sie hinein, darin abtauche wie ein Delfin, vollkommen frei, hinab in die Tiefen voller bunter Korallen, um dann wieder aufzutauchen, wo sie leiser und so klar wie die Stimme des Vorlesers in meinem MP3-Player wird, sich in winzig blaue Tropfen verwandelt … in eine letzte kristallklare Träne, die mir über die Wangen auf den Kragen meines Kleides rollt.

Als ich die Augen aufschlage, ist es so still im Saal, dass man die Stille fast hören kann, so seltsam das auch klingt, doch dann bricht ein so donnernder Applaus los, dass sämtliche Stühle wackeln.

Filippo verbeugt sich nicht am Bühnenrand. Vielleicht nickt er kurz, sehen kann ich das nicht, verschwindet dann aber sofort hinterm Vorhang, obwohl mehrere Eltern eine Zugabe fordern. Kurz darauf kommen Andreas Gitarrenschüler auf die Bühne und beginnen mit ihrer Darbietung. Ich aber habe nur noch Filippos Melodie im Kopf und weiß nicht, worüber ich mehr staunen soll: darüber, dass Filippo sie auf dem Klavier gespielt hat, oder darüber, dass es etwas auf der Welt gibt, was so wunder-, wunderschön ist, dass es mich zum Weinen bringt.

Nach dem Konzert gibt es für alle noch was zu trinken und ein paar Häppchen. An dem Tisch mit den Tramezzini warten Mama, Papa und Ravina auf Andrea. Kaum gesellt er sich zu ihnen, überschütten sie ihn mit Komplimenten.

»Ich würde gern noch mal den Flügel anschauen, darf ich?«

Papa schüttelt kategorisch den Kopf, aber Mama ist heute entspannt und sagt: »Giò, hier drin kann ihr nichts passieren.«

Der Konzertsaal ist leer, das große Licht ausgeschaltet.

Nur noch ein Scheinwerfer strahlt den schwarzen Flügel an.

Zögerlich gehe ich auf die Bühne zu.

»Gleich wird er abgeholt.«

Ich zucke zusammen, denn ich habe ihn nicht gesehen. Er sitzt in der ersten Reihe.

»Sorry, ich habe dich gar nicht gesehen.«

Filippo steht auf.

»Ich weiß. Habe ich dich erschreckt?«

»Nein.« Ich schüttele den Kopf und trete zu ihm. »Was wird abgeholt?«

»Der Flügel. Ein reicher Mann leiht ihn uns für die Konzerte aus, weil die Schule sich keinen Flügel leisten kann.«

Filippo packt mich am Handgelenk und zieht mich auf die Bühne. Wir setzen uns auf den Klavierhocker.

»Ich wusste gar nicht, dass du so toll Klavier spielen kannst.«

»So gut bin ich auch wieder nicht«, sagt er und wird leicht rot. »Und davon weiß auch sonst niemand was. Ich spiele nur, weil mein Vater mich dazu zwingt.« Sein Blick verdüstert sich, während seine Finger über die weißen und schwarzen Tasten gleiten. »Und dann ist er heute nicht mal gekommen.«

»Aber bestimmt nicht, weil du nicht gut spielen kannst.«

Unvermittelt haut er mit der flachen Hand auf mehrere Tasten.

»Was weißt du schon davon?!«

Ich beiße mir auf die Unterlippe. Ich habe ihn wütend

gemacht und überlege, wie ich mich bei ihm entschuldigen kann.

»Spielst du mir was vor? Das Stück von vorhin?«

»Nö.« Filippo klappt den Klavierdeckel zu. »Hast du mir gerade nicht zugehört? Ich spiele nur, weil mein Vater darauf besteht!«

»Würde es dir mehr Spaß machen, wenn du spielen dürftest, was du willst?«

Filippo hält inne und sieht mich an.

»Hm, weiß nicht … irgendwann habe ich mir mal ein modernes Stück beigebracht. Nicht so was wie das vorhin.«

»Lass hören!«

Zögernd macht Filippo den Klavierdeckel wieder auf.

»Ich weiß nicht, ob ich's noch kann. Und die Noten habe ich auch nicht hier.«

»Versuch's trotzdem.«

Seufzend legt Filippo die Finger auf die Tasten, doch statt anzufangen, springt er auf einmal auf, zieht mich vom Hocker, nimmt sacht meine Hände und legt sie oben aufs Gehäuse neben den Notenhalter.

»Was …?«, frage ich verwirrt.

»Lass sie einfach dort liegen«, sagt er und setzt sich wieder hin.

Dann beginnt er zu spielen. Es ist ein Lied, das ich kenne und sehr mag, ich habe es schon zigmal gehört, weil es auf einer von Papas CDs ist. Es handelt von einem gelben U-Boot. Und wie seltsam: Noch ehe ich die erste Note höre, spüre ich sie, durch meine Hände auf dem glatten Holz. Und was noch seltsamer ist: Auf einmal fühle ich mich mit Filippo unsichtbar verbunden. Ich spüre, wie die Melodie in seine Fingerspitzen strömt, die Tasten zum Beben bringt und die Töne auf mich zueilen, ich spüre, wie sie meine Handflächen kitzeln, von dort die Arme hochfließen und dann meine Schultern, meinen ganzen Körper erfassen, sodass ich gar nicht anders kann, als mich in ihrem Takt zu bewegen und den Refrain voller Freude mitzusingen. Und auch er strahlt – bis die letzte Note verklungen ist und wir beide gleichzeitig die Hände vom Klavier lösen.

»Wow, das war fantastisch!«

Ich klatsche nur für ihn.

»Wenn du willst, bringe ich es dir bei.«

Meine Schultern sacken nach unten. Die Freude von eben ist wie weggeblasen.

»Ich kann keine Noten lesen.«

»Das macht nichts. Klavierspielen geht auch ohne.«

Für heute ist die Luft bei mir raus.

»Hm, vielleicht ein andermal.«

»Versprochen?«

»Okay«, seufze ich. »Aber nur, wenn du selbst mit dem Klavierspielen weitermachst und dir noch mehr moderne Songs beibringst.«

»Abgemacht!«, ruft er, streckt mir die Hand hin, und ich bemühe mich, nicht zu fest zuzudrücken, aus Angst, diese begabten Musikerfinger zu zerquetschen.

Als wir aus dem Konzertsaal kommen, schlüpfen die Erwachsenen gerade in ihre Mäntel. Von Andrea und Ravina ist nichts mehr zu sehen, dafür unterhalten sich

Mama und Papa noch mit einer schwarzhaarigen jungen Frau.

»Mama!«

Filippo rennt auf sie zu und umarmt sie. Er ist fast so groß wie sie.

Sie drückt ihn an sich und wuschelt ihm durch die Haare.

»Tut mir leid, Filippo, ich konnte den Laden einfach nicht früher schließen.«

»Wir haben gerade von euch gesprochen«, sagt Papa zu mir, was mir ein Stirnrunzeln entlockt. Ich hasse das, weil sie einem nämlich nie erzählen, worüber genau.

»Können wir sie noch zu uns einladen? Du sagst doch immer, man soll die Feste feiern, wie sie fallen«, sagt Filippo zu seiner Mama. Sie hat ein rundes, helles Gesicht wie der Mond und große dunkle Augen.

»Aber natürlich! Ich habe noch ein paar Antipasti und eine Flasche Wein.«

Papa knöpft seinen Mantel zu.

»Wir könnten auch Pizza bestellen. Was meinst du, Mafalda?«

»Super! Pizza geht immer!«

»Vor allem Würstelpizza«, ruft Filippo.

Erfreut sehe ich ihn an und nicke.

»Genau, vor allem Würstelpizza!«

Filippo wohnt über einem Laden, der T-Shirts nach Wunsch bedruckt. Deshalb hat er eine Jacke mit seinem Namen drauf. In diesem Laden kann man bedrucken lassen, was man will, nicht nur T-Shirts, auch Kissen, Tischdecken und Handtücher. Filippo flüstert mir ins Ohr, dass er mich mal mitnimmt und die Druckmaschinen nur für mich einschaltet.

Auf dem Weg zu ihnen erzählt uns seine Mama, dass sie den Laden zusammen mit ihrer Wohnung gemietet hat, aber dass es leider nicht so gut läuft. Niemand lässt sich heutzutage noch T-Shirts vor Ort bedrucken, die Leute bestellen so was inzwischen im Internet.

Zu dritt sitzen wir hinten in Papas Auto, Filippo in der Mitte. Der legt seiner Mama jetzt den Arm um die Schultern.

»Wenn ich groß bin, mache ich dir 'ne Website. Dann kannst du deine bedruckten Sachen auch online verkaufen.«

Mit einem Lächeln streicht sie ihm wortlos über die Wange.

»Oder noch besser eine für Parfüm«, fährt er fort. »Parfüms herzustellen ist schließlich dein Traum.«

»Echt? Das ist dein Traum, Cristina?« Mama dreht sich neugierig zu uns um. »Mir ist vorhin schon aufgefallen, dass du ein ganz edles Parfüm trägst.«

Mama hat recht. Cristina duftet ganz leicht nach Nüssen und Karamell.

Filippos Mama nickt mit strahlenden Augen.

»Das habe ich selbst zusammengemischt. Wenn du magst, kannst du nachher gern an meinen neuesten Kreationen schnuppern.«

Filippo und seine Mama leben ganz allein, sie haben nicht mal einen Kater. Dafür spricht Filippos Mama stundenlang mit ihren Pflanzen – vor allem mit den Geranien auf dem Balkon, wie er mir im Flur flüsternd verrät, worauf sie ihm in die Seite pufft, weil sie's gehört hat.

»Das sind genauso meine Kinder«, sagt sie fröhlich.

Ich finde sie wirklich sehr nett, vielleicht auch ein bisschen verrückt. Und ich glaube, Mama geht es genauso, denn ich habe sie schon lange nicht mehr so viel reden und fröhlich lachen hören. Während sie Cristina beim Tischdecken hilft, ruft Papa in der Pizzeria an, und Filippo zeigt mir sein Zimmer.

Es ist winzig und vollgestopft mit Transformern. Das weiß ich, weil ich gleich auf eine der Spielzeugfiguren trete, kaum dass ich durch die Tür bin. Ich hebe sie auf und sehe mich nach einem freien Platz um, wo ich sie hinlegen kann. Da merke ich, dass sämtliche Regale voll davon sind.

»Wow, toll!«

»Die schenkt mir manchmal mein Papa. Aber ich finde sie eigentlich total scheiße.«

»Scheiße sagt man nicht.«

Filippo wirft sich aufs Bett, kickt die Schuhe von sich und schaltet mit der Fernbedienung einen kleinen tragbaren Fernseher an, der im Regal gegenüber steht.

»Du hast neulich gesagt, dass du Weihnachten total scheiße fandest.«

»Eins zu null für dich. Du vergisst aber auch gar nichts, was?«

Seine Stimme wird ganz dunkel.

»Mir wäre wesentlich lieber, ich würde mich an nichts mehr erinnern.«

Ich ziehe mir ebenfalls die Schuhe aus und setze mich neben ihn. Da beginnt in dem Mini-Fernseher auf einmal jemand Klavier zu spielen, und zwar eine Melodie, die wir beide gut kennen: Es ist der Song, den Filippo vorhin vorgetragen hat!

Filippo springt auf und beginnt, auf dem Bett herumzuhüpfen.

»Los, komm, sing mit!«

Auf einmal ist er wieder fröhlich. Lachend steige ich ebenfalls aufs Bett, anscheinend ist das so eine Art Karaoke, und obwohl die Worte auf dem Bildschirm nur eine weiße Ameisenstraße sind, singe ich mit, schließlich habe ich den Song schon so oft gehört, dass ich ihn fast auswendig kann.

»*We all live in a yellow submarine, yellow submarine, yellow submarine* …«

Mit jeder Liedzeile singen wir lauter, Filippo hat sich einen Schuh als Mikrofon geschnappt, ich verliere beim Hopsen meine Brille, und als der Song zu Ende ist, springen wir schließlich Hand in Hand vom Bett und lassen uns nach Luft japsend auf den Teppich fallen.

Als er wieder normal atmen kann, dreht Filippo sich zu mir und schaut mich an. Sein Gesicht ist ganz nah, aber ohne meine Brille erkenne ich nur eine große graue Wolke und frage mich, ob er sie in meinen Augen sehen kann.

»Welche Augenfarbe habe ich?«

»Braun, warum?«

»Siehst du irgendwas darin?«

Ein paar Sekunden lang ist es still, vermutlich starrt er mir jetzt in die Pupillen.

»Nein, nichts, nur …«

Wusst' ich's doch! Man kann die Nebelschwaden sehen!

»… nur grüne und gelbe Sprenkel. Deine Augen sind wie ein Wald voller Pilze.«

Das ist kein besonders tolles Kompliment, aber andererseits … ich mag Wälder. Und Pilze sind immer noch tausendmal besser als der Stargardt-Nebel!

Ich seufze erleichtert auf.

»Wieso, was hast du denn gedacht, was man sieht?«, höre ich seine Stimme.

Ich blicke auf meine Strümpfe, besser gesagt in ihre Richtung, weil erkennen kann ich sie nicht.

»Manchmal … manchmal denke ich einfach, dass die anderen meinen Nebel doch auch sehen müssen.«

»Deinen Nebel? Was für einen Nebel?«

Jetzt richtet Filippo sich auf, setzt sich im Schneidersitz direkt vor mich hin und kommt mir so nah, dass zwischen unseren Nasen höchstens noch ein Zentimeter Abstand ist.

»Hör auf damit.«

Ich schubse ihn weg, und er muss lachen, rückt mir aber sofort wieder auf die Pelle. Ich seufze genervt.

»Okay, ich erklär's dir. Aber du darfst nicht lachen!«

»Abgemacht.«

»Es ist so, dass ich in meinen Augen Flecken sehe, die immer größer werden …«

»Viele?«

»Nein, einen pro Auge.«

»Und die sind immer da?«

»Ganz am Anfang waren es nur so Punkte, aber mittlerweile sind sie dermaßen groß, dass sie die Dinge und Gesichter verdecken, und wenn ich müde bin, noch dazu dunkel werden.«

»Verstehe. Und diese Flecken, die gehen nicht mehr weg?«

»Nein.«

»Und der Nebel?«

»Den bekommt man zusammen mit den Flecken. Er ist wie ein Schleier vor den Augen, sodass man alles ganz verschwommen sieht, nicht nur da, wo die Flecken sind.«

»Puh … Macht dir das keine Angst?«

Als ich nichts darauf erwidere, steht Filippo auf.

»Sag, hast du eigentlich Musikunterricht gehabt?«

»Nein, wieso?«

»Du kannst megagut singen.«

Ich tippe mir an die Stirn.

»So 'n Quatsch!«

»Nö, im Ernst. Du triffst jeden Ton.«

Eine Weile sagt er nichts, ich sehe nur, wie er sich an seinem Schrank zu schaffen macht, etwas Großes herauszieht, sich damit aufs Bett setzt – und einen Akkord anschlägt.

»Wow, du kannst auch Gitarre spielen?«

Statt einer Anwort zupft er einen Ton.

»Das ist ein C. Jetzt du!«

»Das ist ein C.«

»Nicht doch!« Filippo muss lachen. »Du sollst die Note singen!« Er zupft noch einmal. »Ceeee …«

Ich singe ihm nach, auch wenn ich mich etwas schäme.

»Super!« Ein weiterer Ton erklingt. »Und das ist ein D. Deee …«

Ich wiederhole es.

»Wow, du Glückliche, du bist ein echtes Naturtalent, Mafalda!«

Da kann ich nicht anders, als übers ganze Gesicht zu strahlen: Denn schließlich passiert es nicht oft, dass mir das Herz vor Freude hüpft über etwas, wozu ich keine Augen brauche, ja nicht mal eine Brille.

Kurz darauf steckt Papa seinen Kopf herein.

»Kommt essen, Kinder. Die Pizza ist da!«

Filippo stürmt in den Flur und ich hinterher, versuche, ihn zu überholen, wir schubsen und drängeln, weil jeder als Erster in der Küche sein will.

Am Tisch zupft Mama mir meine Rattenschwänze zurecht.

»Wo ist denn deine Brille, Mafalda?«

Ich will gerade gestehen, dass sie mir beim Rumhopsen auf dem Bett runtergefallen ist und ich nicht mal nach ihr gesucht habe, als Filippo mir zuvorkommt.

»Wir haben gesungen. Dafür hat sie sie nicht gebraucht.«

Papa legt mir ein Stück Würstelpizza auf den Teller.

»Nachher suchen wir nach ihr, okay? Aber nicht vergessen!«

Uff, sie scheinen nicht böse zu sein. Um bei Filippos Mama einen guten Eindruck zu hinterlassen, lege ich die Papierserviette auf meinen Schoß und esse meine Pizza mit Messer und Gabel.

»Magst du schwarze Oliven?«, fragt Filippo. »Ich hasse sie, und eine ist aus Versehen auf meinem Teller gelandet.«

Ich muss mich gar nicht erst anstrengen, sie aufzuspießen, denn Filippo steckt sie mir direkt in den Mund. Er hat vielleicht keine besonders guten Tischmanieren, löst aber jede Menge Probleme, dieser Filippo, denke ich voll Dankbarkeit und muss dann an diese Stelle aus ›Der Baron auf den Bäumen‹ denken, wo Cosimo mit dem spanischen Mädchen auf dem Baum ist und alles toll und unkompliziert ist, ganz anders als bei dieser Viola, die ihn in den Wahnsinn getrieben hat. Vielleicht ist das ja der Unterschied zwischen Freundschaft und Liebe: dass Freundschaft immer unkompliziert ist, während einem die Liebe den Kopf vernebelt – so wie der Stargardt-Nebel meine Augen.

Nach der Pizza ziehen Mama und Cristina ihre Mäntel an, um uns in der Konditorei »Emanuela's« noch einen Nachtisch zu besorgen. Papa bleibt da, offiziell, um auf uns aufzupassen, doch in Wahrheit sieht er sich auf dem Sofa etwas Lustiges im Fernsehen an.

Filippo will mich schon auf den Balkon ziehen, um mir die Geranien zu zeigen, mit denen seine Mama spricht, als Papa aufschaut und uns zurückhält.

»Erst die Jacken anziehen!«

Ich nehme meinen Anorak, und Filippo will nach der blauen Jacke mit seinem Namen greifen, da mischt sich Papa erneut ein.

»Zieh dir bitte was Wärmeres an. Für diese Jacke ist es draußen zu kalt.«

Statt in sein Zimmer zu gehen, senkt Filippo den Kopf und sagt keinen Ton. Jetzt bin eindeutig ich damit dran, mich für ihn einzusetzen.

»Papa, weißt du eigentlich, dass Filippo vor Kurzem Geburtstag hatte?«

»Ach ja? Dann herzlichen Glückwunsch nachträglich, mein Junge!«

»Und ich habe ihm nichts geschenkt, weil er nicht gefeiert hat.«

Filippo versetzt mir einen Tritt gegen das Schienbein. Das soll bedeuten: Was zum Teufel denkst du dir denn da aus?

Doch ich lasse mich nicht beirren.

»Erinnerst du dich an die Jacke im Kofferraum, die dir nicht mehr gefällt? Die du nur noch anziehst, wenn du mal in einem Bergdorf arbeiten musst?«

Bitte, Papa, bitte lies meine Gedanken und kapiere endlich, worauf ich hinauswill!

»Die grün-violette?«

»Ja, genau die. Vielleicht passt die ja Filippo.«

Papa schweigt einen Moment, dann ist der Groschen endlich gefallen.

»Aber natürlich, das ist ein wunderbares Geburtstagsgeschenk!«, ruft er. »Es ist nicht so, dass sie mir nicht gefällt, Filippo, wie Mafalda behauptet, es ist nur so, dass ich sie nie trage und darum längst weggeben wollte.« Papa holt die Autoschlüssel aus seiner Jackentasche. »Ich geh schnell runter und hol sie.«

Als Papa verschwunden ist, sagt Filippo kein Wort. Ist er sauer?

Er packt mich am Handgelenk und zieht mich in einen Raum, der vermutlich ihr Bad ist, denn es ist weiß gekachelt und riecht nach Zitrone. Kurz höre ich ihn in irgendwas herumwühlen, dann drückt er mir einen kleinen Glasflakon in die Hand.

»Was ist das?«

»Riech dran.«

Ich schnuppere. Es duftet nach diesen blauen Blümchen, die im Frühling in unserem Garten wachsen, Vergissmeinnicht hat Oma sie genannt.

»Das duftet herrlich. Ist das von deiner Mama?«

»Ja. Schenk ich dir. Für die Jacke.«

Ich rieche noch einmal am Flakon.

»Und deine Mama ist auch nicht böse, wenn du das einfach so hergibst?«

»Nö. Außerdem mischt sie jeden Monat so viele neue Düfte, dass sie es vielleicht nicht mal merkt.«

»Danke schön.«

Da fällt mir etwas ein, was ich ihn schon eine ganze Weile fragen will. Ich gebe mir einen Ruck.

»Du, Filippo, hör mal ... Du ... du willst mein Freund werden, oder?«

»Kann sein.«

Mit dem Rücken zu mir macht er das Schränkchen mit den Parfüms wieder zu.

»Und warum willst du das?«

»Weil ...« Filippo macht einen Satz nach vorn, entreißt mir das Parfümfläschchen, sprüht mich damit ein und saust dann in sein Zimmer, laut brüllend, »weil wir dann eine Band gründen, wenn wir groß sind. Ich spiele Gitarre, und du singst!«

Lachend stürme ich hinterher. Das ist gar keine sooo schlechte Idee.

Anderthalb Stunden später liege ich im Bett. Ottimo Turcaret hat sich ganz nach unten ans Fußende verzogen. Heute lässt er sich nicht streicheln, weil er mein neues Parfüm riecht, das nicht mal beim Duschen weggegangen ist.

Vor dem Zähneputzen habe ich mir kurz Papas Handy ausgeliehen, um im Internet nachzuforschen, wie man Sängerin wird. Die Stimme des Handys sagt, dass es dazu mindestens fünfzehn Ausbildungsschritte braucht – wo genau man die macht, hat sie allerdings mit keiner Silbe erwähnt. Was, wenn man dafür durch ganz Italien reisen muss? Wie soll jemand wie ich das schaffen? Mir fällt wieder die Stelle aus ›Der Baron auf den Bäumen‹ ein, die ich gestern gehört habe. Die, wo es heißt, dass sich ein Affe früher von Rom aus von Baum zu Baum bis nach Spanien hangeln konnte. Ich bin mir ziemlich sicher, dass diese Bäume längst gefällt sind.

Die Handystimme hat auch noch gesagt, dass eine Sängerin was Besonderes haben muss, etwas, das sonst keiner hat. Filippos Idee mit der Band kommt mir jetzt längst nicht mehr so toll vor. Denn ich bin alles andere als besonders. Das einzig Besondere, das ich habe, ist ein grauer Kater mit einem Knubbel am Schwanz und Nebel in meinen Augen.

Ich presse die Lippen zusammen und ziehe mein Heft aus dem Regal. Hektisch blättere ich darin, reiße dabei beinahe die Seiten raus, und drücke beim Schreiben zu fest auf:

- *Schwarze Oliven essen, weil ich bald nicht mehr wissen werde, ob sie wirklich schwarz sind*
- *In einer Band singen*

Missmutig mache ich danach das Licht aus und ziehe mir die Decke über den Kopf. Die Dunkelheit ist kein fenster- und türloser Raum. Die Dunkelheit ist ein Riesenmonster, das alle deine schwarzen Oliven und Träume verschlingt.

Cosimo, es schneit, und mir ist vorhin aufgegangen, dass ich im Winter auf dem Kirschbaum erfrieren könnte. Doch dann habe ich mich daran erinnert, dass du auch nicht auf deinem Baum erfroren bist, sondern dich an einen vorbeifliegenden Heißluftballon gehängt hast, als es Zeit zum Sterben war, um dich dann irgendwo ins Meer fallen zu lassen, damit du auch im Tod den Boden nicht mehr berührst. Im Gegensatz zu dir kann ich allerdings keine Pelztiere für den Winter jagen, um mir aus ihren Fellen Decken zu machen so wie du. Darum muss ich mir was anderes ausdenken, damit es mir da oben nicht zu kalt wird. Hilfst du mir dabei?

PS: Sag Oma schon mal Danke für die Decke. Ich nehme sie mit auf meinen Baum.

16

Seit Anfang des Jahres habe ich einen Integrationshelfer. Er heißt Fernando, ist jung und ein totaler Langweiler.

Er ist dazu da, dass ich das Richtige in mein Heft schreibe, mich im Schulgebäude nicht verlaufe und Brailleschrift übe. Zum Glück interessiert ihn das nicht besonders, sodass ich mehr oder weniger meine Ruhe habe. Meistens verbringt er den Vormittag damit, irgendwelche Bücher auf Chinesisch zu verschlingen oder zu whatsappen, und nur wenn ein Lehrer vorbeikommt, springt er an wie ein Roboter und tut so, als würde er mir helfen. Heute muss er mit ins Skilager. Dort wird er aber viel zu sehr mit Oscar aus der Fünften, der im Rollstuhl sitzt, beschäftigt sein, als sich groß um mich zu kümmern.

Manchmal kommt es mir so vor, als wüsste niemand über meinen Stargardt-Nebel Bescheid. Dabei wissen sie alle davon. Nur denken sie wahrscheinlich nicht daran: weil sie den Nebel nicht selbst sehen und meine Augen von außen völlig normal wirken, mit Sprenkeln wie ein Wald voller Pilze, wie Filippo so schön gesagt hat.

Mama und Papa klopfen an die Scheibe und winken mir zum Abschied, als würde ich auf eine ewig lange Reise gehen. Kurz winke ich zurück, kehre ihnen dann aber gleich den Rücken zu. Alle anderen Eltern kleben nicht so am Bus, und meine Mitschüler sind längst schon in ihre Tablets und Handys vertieft und würdigen sie keines Blickes mehr. Nur Filippo hampelt noch herum. In Papas dicker Jacke sitzt er ganz hinten und ärgert seine Kumpel, die ihn entnervt anbrüllen: »Hör auf, mir die Kapuze runterzuziehen! Ich will pennen!«

An Schlafen ist allerdings nicht zu denken, denn kaum sind wir losgefahren, greift die Lehrerin zum Mikrofon und erklärt uns das Programm der nächsten zwei Tage. Wir werden nach Jungs und Mädchen getrennt in zwei Hütten übernachten und morgen früh einen Biobauernhof besuchen. Danach geht's ab in den Schnee. Wer Ski fahren kann, schließt sich der Sportlehrerin an, die anderen dürfen Schlittenfahren.

Ich habe schon als Kindergartenkind Skifahren gelernt, Andrea hat es mir damals beigebracht. Doch jetzt haben meine Eltern Angst, mich auf die Piste zu lassen, weil ich die Unebenheiten und kleinen Buckel nicht mehr gut sehe und stürzen könnte. Was bedeutet, dass ich nun Schlitten fahren werde, auch wenn ich das nicht mehr getan habe, seit wir Ende vorletzten Jahres eine neue Brille gekauft haben.

Im Bus herrscht ein Riesenlärm. Filippo und seine Freunde schmettern schmutzige Lieder und übertönen damit die Lehrerinnen, die versuchen, sie zum Schweigen zu bringen. Mit Tränen in den Augen verbeiße ich mir das Lachen. Solche Texte habe ich noch nie gehört. Und ich habe auch noch nie einen Jungen so gut singen hören, weiß aber nicht, ob ich ihm das irgendwann sagen soll.

Inzwischen quält sich unser Bus Serpentine um Serpentine den Berg hinauf, und plötzlich merke ich, dass Schweinchen Dick kurz davor ist, sich zu übergeben. Auf Ausflügen wird ihm immer schlecht, weil er so viel isst, und ich habe ihn in den letzten anderthalb Stunden mindestens drei Schokoriegel auspacken hören. Zwei Dosen Fanta hat er auch schon intus, er sitzt hinter mir, und ich habe das »Zschhhh« gehört. Ich sage Fernando Bescheid, der sich zu ihm umdreht und dann den Fahrer bittet, schnellstmöglich anzuhalten.

Als der Bus in der nächsten Parkbucht stoppt, ist Albertino kreideweiß. Während Fernando und die Lehrerinnen ihn hinausbegleiten, machen sich die anderen über ihn lustig. Filippo am allerlautesten – und das ist das Allerletzte!

Als mich eine Papierkugel am Kopf trifft, fahre ich herum. Und sehe Filippo grinsend auf mich zukommen.

Ich funkele ihn böse an.

»Man spottet nicht über jemanden, dem es nicht gut geht!«

Verwundert sieht Filippo mich an.

»Er hat aber wirklich gefressen wie ein Schwein.«

»Na und? Jetzt geht es ihm jedenfalls nicht gut, und darüber macht man sich nicht lustig! Das würde dir garantiert auch nicht gefallen.«

Filippo beißt sich auf die Unterlippe, kniet sich dann auf Fernandos Sitz.

»Genug gelacht!«, brüllt er nach hinten. »Wer weiter

über Albertino witzelt, bekommt von mir beim Aussteigen was auf die Mütze!«

Augenblicklich wird es still, niemand macht mehr einen Mucks. Da kommen die Lehrer mit Albertino zurück und schicken ihn auf seinen Platz.

Doch vorher beugt sich Filippo noch schnell zu mir.

»Wenn du dir nachher ein Bett aussuchen darfst, nimm eines am Fenster.«

»Wieso?«, flüstere ich zurück.

»Tu's einfach. Schaffst du es, bis Mitternacht wach zu bleiben?«

»Na klar!«

»Okay, dann werde ich dir Gute Nacht sagen.«

»Wie soll das gehen?«

»Das wirst du schon sehen.«

»Aber ich …«

»Keine Sorge, glaub mir, du wirst mich sehen. Aber erzähl niemandem was davon.«

Zum Abendessen gab es Gulasch mit Polenta, und jetzt beziehen wir die Schlafräume und machen uns für die Nacht fertig.

Ich habe das Bett direkt unterm Fenster gewählt. Es zieht ein bisschen, aber egal. Von dort aus kann ich jedenfalls rausschauen und habe gleichzeitig die Betten und das Gepäck der anderen im Blick.

Chiara bläst ihre riesengroße Luftmatratze auf. Sie wird mit Martina darauf schlafen, die Lehrerinnen haben es erlaubt. Die anderen Mädchen umringen sie, und so, wie sie darüber reden, merkt man ihnen an, dass jede gern an Martinas Stelle wäre oder zumindest gern mal Probe liegen würde. Wären wir noch beste Freundinnen, hätte sich Chiara für mich entschieden. Aber es ist nicht wesentlich. Denn wenn ich Estella richtig verstanden habe, ist nur wesentlich, was man zum Leben wirklich, wirklich braucht. Und ich komme ganz gut ohne Chiara und ihre Matratze zurecht.

Wobei … ihre Matratze, die bräuchte ich schon für mein Leben im Baum. Ich habe mir auch schon genau überlegt, auf welche Äste ich sie lege. Das wird bestimmt superbequem.

Heute Nacht kann ich sie mir allerdings nicht nehmen, schließlich schlafen die beiden darauf. Ich werde bis morgen warten müssen. Die Lehrer haben uns beim Abendessen erklärt, dass wir gleich nach dem Aufstehen packen sollen, noch bevor wir zum Frühstück runtergehen. Wenn die anderen ihren Kakao trinken, kann ich vielleicht so tun, als wäre mir nicht gut, und ins Zimmer zurückkehren. Damit ich alles unbemerkt transportieren kann, habe ich sogar extra die große Reisetasche mitgebracht, die, die unten noch ein Fach mit Reißverschluss hat, auf das ich meine Kleider legen kann.

Nachdem wir die Zähne geputzt und unsere Schlafanzüge angezogen haben, schicken uns die Lehrerinnen ins Bett, schalten das Licht aus und verkünden, dass sie für morgen noch ein wenig Papierkram erledigen müssen, aber in einer Stunde zurück sind.

Meine Klassenkameradinnen und die aus der Fünften warten, bis die Schritte der Lehrerinnen verklungen sind. Ich höre sie zwar nach wie vor, jetzt einen Stock tiefer, doch die anderen richten sich bereits auf und fangen an zu quasseln. Eines der größeren Mädchen macht zwei, drei Nachttischlampen an.

Auch ich setze mich auf und schaue mich um. Chiara und Martina liegen auf dem Bauch und teilen sich einen MP3-Kopfhörer. Sie hören die Filmmusik zu ›Die Eiskönigin‹. Woher ich das weiß? Sie summen falsch mit und bewegen dazu rhythmisch den Kopf. Francesca, die erst seit ein paar Wochen in unserer Klasse ist, hält mir von ihrem Stockbett aus eine angebrochene Packung Gummibärchen hin. Ich nehme ein paar, bedanke mich und stecke sie mir in den Mund.

Ein bisschen Musik wäre jetzt wirklich gar nicht schlecht. Ich wühle in der Reisetasche unter meinem Bett, um meinen eigenen MP3-Player herauszuholen, als das Mädchen, das das Licht angemacht hat, auf Zehenspitzen zu mir kommt und sich auf die Bettkante setzt.

»Du bist Mafalda, oder?«

Ich rutsche auf mein Kissen am Kopfende und ziehe meine Knie an die Brust.

»Ja, warum?«

»Nur so.«

Sie ist groß, hat kastanienbraunes, leicht rötliches, verstrubbeltes Haar und trägt ein bedrucktes T-Shirt und eine blaue Jogginghose statt einem Schlafanzug. Zwei ihrer Freundinnen kommen nach, die eine setzt sich neben sie, die andere auf den Boden.

»Wow, das ist also die berühmte Mafalda.«

Ich verstehe kein Wort.

»Wieso berühmt?«

Die drei aus der Fünften schauen sich mit einem Grinsen an.

»Eigentlich dürfen wir dir das nicht erzählen … aber wir können einfach nicht anders!«

»Wer sagt es ihr?«

»Ich!«

»Nein, ich!«, widerspricht die auf dem Boden, lenkt dann aber ein. »Na ja … eigentlich müsste Emilia es ihr sagen.«

Das Mädchen, das zuerst zu mir gekommen ist, nickt selbstgefällig und zeigt auf ihr T-Shirt.

»Gestatten, Emilia, Filippos Ex. Freut mich, dich kennenzulernen.«

Warum laufe ich plötzlich rot an? Ja sogar meine Brille beschlägt … Deshalb brauche ich auch ein wenig, bis ich den T-Shirt-Aufdruck entziffern kann. Da steht's: Emilia. In derselben Schrift wie der Aufdruck auf Filippos blauer Jacke.

Die drei Mädchen kichern. Zum Glück kümmern sich meine Klassenkameradinnen gerade um ihren eigenen Kram.

»Mafalda.«

Mehr bringe ich nicht heraus, so durcheinander bin ich.

»Das wissen wir längst«, kichert das zweite Mädchen auf meinem Bett. Wenn ich mich recht erinnere, wohnt sie bei mir in der Nähe und heißt Giulia. Sie ist in Ordnung. Ich verstehe bloß nicht, was die drei von mir wollen.

»Und zwar seit Wochen«, fügt Emilia hinzu, »Filippos Aufgabenheft ist nämlich voll von deinem Namen:

Mafalda hier, Mafalda da … Er hat sogar ein Herzchen an deinem Geburtstag reingemalt.«

»So ein Quatsch!«

»Kein Quatsch. Du hast doch am ersten Februar Geburtstag, oder?«

Au weia, es stimmt also. Aber … ein Herzchen? Warum …

»Keine Angst, ich bin nicht eifersüchtig.« Emilia tätschelt mir die Schulter. »Wir haben im Oktober Schluss gemacht. Besser gesagt, *ich* habe Schluss gemacht. Sein Vater hat sich damals endgültig aus dem Staub gemacht, und Filippo ist damit nicht gerade gut klargekommen. Genauer gesagt ist er total ausgetickt, darum hab ich ihn dann auch abgeschossen.«

»Aha …«

»Aber du stehst auf ihn, oder?«

Die drei rücken ganz nah an mich heran. Vor lauter Verlegenheit würde ich jetzt am liebsten im Erdboden versinken.

»Auf wen? Filippo? Nicht die Bohne!«

»Sie steht auf ihn, sie steht auf ihn!«

Giulia und die zweite Freundin klatschen in die Hände, während Emilia mir einen Arm um die Schultern legt.

»Mafalda, ich möchte dir jetzt keine Angst einjagen, aber … er sucht ständig Streit und rauft sich auf dem Schulhof. Wahrscheinlich fliegt er dieses Jahr sogar deswegen.«

Ich starre auf meine Socken.

»Alles, was ich gehört habe, ist, dass er ein bisschen spinnt.«

»Ein bisschen spinnt? Der spinnt nicht, der ist total durchgeknallt nach der Scheidung seiner Eltern! Überleg es dir darum lieber zweimal, wenn er dich fragt, ob du mit ihm gehen willst.«

Seine Eltern sind also tatsächlich geschieden. Auf mein drittes Auge ist anscheinend Verlass.

»Aber ich will doch gar nicht mit ihm gehen. Was heißt das überhaupt?«

»Na, dass ihr euch küsst ...«, sagt Giulia, und die andere ergänzt, »... und dann heiratet und Kinder kriegt.«

Francesca, die offenbar mitgehört hat, beugt sich neugierig von ihrem Stockbett herunter.

»Hey, weiß eine von euch eigentlich, wie das mit dem Kinderkriegen genau geht?«

Sie hat so laut gesprochen, dass einige andere Mädchen neugierig von ihren Handys aufsehen.

»Klar«, sagt Emilia. »Das kann uns schließlich auch schon passieren. Also, man kriegt erst Bauchweh, dann muss man sich übergeben, und neun Monate später kommt es raus.«

»Und wo?«, höre ich Chiara fragen.

»Aus dem Bauchnabel, wofür ist der sonst da. Die Ärzte bohren dir dort ein Loch in den Bauch und ziehen dann das Baby raus.«

Angewidert kreischen alle auf.

»Und wie kommt das Kind in den Bauch rein?«, erkundigt sich Martina besorgt.

»Indem sich Vater und Mutter ganz, ganz fest umarmen«, erklärt Emilia ruhig und gelassen.

»Das muss auch noch anders gehen«, wendet eine

Fünftklässlerin vom anderen Ende des Zimmers aus ein. »Eine Tante von mir kriegt nämlich gerade ein Kind, und die hat keinen Mann. Sie …«

In diesem Moment wird leider die Tür aufgerissen, und unsere Lehrerin kommt herein. Sie hat das Kreischen gehört.

»Genug gequasselt!«, ruft sie und scheucht Emilia und ihre Freundinnen ins Bett. Damit wir auch wirklich schlafen, bleibt sie gleich da, macht sich bettfertig und schaltet das Licht aus.

Bevor ich die Brille abnehme, ziehe ich noch ein klein wenig den Vorhang auf und schaue hinaus. Der Himmel über mir ist ganz schwarz und mit weißen Punkten übersät. Mein Herz hüpft. Ich habe die Sterne schon sooo lange nicht mehr gesehen! Sicher liegt das daran, dass wir hier viel höher sind als zu Hause. Aber wenn ich sie hier sehen kann – dann vielleicht ja auch von meinem Kirschbaum aus, der sogar noch ein bisschen höher ist als unsere Schule? Ach, wär das schön! … Andernfalls sehe ich sie heute Nacht nämlich zum letzten Mal.

Es ist alles andere als einfach, bis Mitternacht wach zu bleiben. Wahrscheinlich sind mir die Augen auch kurz zugefallen. Aber wirklich nur kurz. Ich habe eine Armbanduhr, die im Dunkeln leuchtet, sie hat Oma gehört, und als sie in den Baum gezogen ist, habe ich sie bekommen. Ich halte sie mir ganz nah vors Gesicht und drücke auf den Knopf fürs Licht, um zu gucken, wie spät es ist: Viertel vor zwölf.

Auch die beiden anderen Lehrerinnen sind inzwischen eingetroffen. Auf einer Luftmatratze nahe der Tür schnarcht eine von ihnen laut durch die Nase. Meine Klassenkameradinnen und die aus der Fünften liegen mucksmäuschenstill in ihren Betten. Im Zimmer ist es ansonsten stockdunkel, und obwohl so viele um mich herum sind, fühle ich mich auf einmal wie der einzige Mensch auf diesem Planeten. Ganz leise setze ich meine Brille auf und schiebe den Vorhang beiseite.

Bei unserer Ankunft hat es geschneit. Inzwischen ist der Nachthimmel wieder wolkenlos. Die Wiesen und Berge sind durch den Schnee hellblau. Der Mond ist eine riesige Laterne, die alles erhellt, auch wenn es hier nicht viel zu erhellen gibt. Bis auf die andere Hütte, in der die Jungs schlafen. Und das Fenster, aus dem jetzt ein Licht zu mir herüberblinkt – genau wie der Gutenachtgruß, den mir meine Oma früher vor dem Schlafengehen geschickt hat!

Augenblicklich bin ich hellwach. Das Licht blinkt noch ein paarmal, dann bleibt es aus. Ich muss antworten. Wenn einem jemand Gute Nacht wünscht, muss man Gute Nacht zurückwünschen, das gehört sich so. Wenn ich nur meine Taschenlampe dabeihätte! Oder Papas Handy … Doch halt, ich habe ja Omas Armbanduhr! Ich streife sie ab, presse sie gegen die Fensterscheibe und drücke mehrmals hintereinander auf den Knopf fürs Licht. Ob er es drüben sehen kann?

Da, auf einmal blinkt es wieder, blinkt wie verrückt. Er hat's gesehen! Eine ganze Weile schicken wir uns Signale hin und her, bis ich erschrocken zusammenfahre, weil das Schnarchen hinter mir urplötzlich aussetzt und sich die Lehrerin auf der Luftmatratze ächzend umdreht. Ich schicke ein letztes langes Lichtsignal, was bedeutet: »Wir müssen jetzt schlafen«, und warte auf die Antwort, die auch prompt kommt. Mit lauter Sternchen in den Augen lasse ich mich nach hinten auf mein Kissen fallen. Ich bin rundum glücklich. Warum, weiß ich zwar nicht genau, aber ich fühle mich jetzt nicht mehr wie das einzige Menschenkind auf diesem Planeten.

Als ich am Morgen zum Frühstück komme, winkt mir Filippo von seinem Tisch aus kurz zu, bevor er seine Kumpels weiter mit Kakao bespritzt.

»Ich hab's dir doch gesagt: Er steht auf dich«, höre ich Emilia im selben Augenblick hinter mir.

»Er hat nur Hallo gesagt.«

»Genau daran merkt man's doch.« Emilia lacht. »Du solltest langsam lernen, die Signale der Jungs zu deuten.«

Eine Stunde später besichtigen wir den Biobauernhof, und das ist so sterbenslangweilig, dass nicht mal Filippo einfällt, wie er uns mit irgendwelchem Unfug aufmuntern oder ablenken kann. Das einzig Tolle daran ist, dass wir hinterher so viele Marmeladenbrötchen (mit Butter von echten Kühen!) zu essen bekommen, dass wir fast platzen.

Zum Glück geht es danach endlich in den Schnee. Eine größere Gruppe folgt der Sportlehrerin zum Skilift, darunter auch Emilia in einem knallroten Skianzug und Chiara, die vorher allen schnell noch ihre stylische Eiskönigin-Skibrille zeigen muss, sogar mir.

Ich stapfe in der Gruppe den Schlittenhügel hinauf. Wir haben Bobschlitten ausgeliehen. Da ich nicht so runtersausen kann wie die anderen, will niemand seinen mit mir teilen. Was soll's. Ich bin mir sowieso nicht sicher, ob ich überhaupt Lust dazu habe. Ich finde es gruselig, nichts dabei zu sehen, und außerdem habe ich Schiss, jeden Moment gegen einen Baum zu knallen.

Als Fernando zu mir kommt, um zu fragen, ob er statt mit Oscar mal mit mir rodeln soll, schüttele ich den Kopf. Während meine Klassenkameraden weiter wild schreiend den Hügel runtersausen, lasse ich mich auf die Knie fallen und beginne, Buchstaben in den Schnee zu malen. Dabei kann man gut darüber nachdenken, wie man es am besten anstellt, in die Hütte zurückzukehren, ohne Aufsehen zu erregen. Ich überlege gerade, ob ich sagen soll, dass mir schlecht ist, als mich ein Schneeball an der Schulter trifft, und das so fest, dass ich beinahe vornübergefallen wäre. Entrüstet drehe ich mich um, um zu sehen, wer das war. Eindeutig ein Verrückter, denn er brüllt noch lauter als die anderen. Er trägt eine Männerjacke sowie eine von Schneeflocken bedeckte Brille und grinst von einem Ohr zum anderen.

Mit einem feuerroten Bob im Schlepptau lässt er sich neben mich fallen.

»Warum rodelst du nicht?«

»Keine Lust.«

»Du lügst. Du hast bloß Schiss, weil du nicht mehr gut siehst.«

Er hat recht, aber ich stopfe ihm trotzdem blitzschnell eine Handvoll Schnee in den Kragen. Mit einem Aufschrei wälzt er sich herum und formt einen Meter weiter einen Schneeball, um sich zu rächen, was ich ihm lachend nachmache. Eine Weile balgen wir so im Schnee, bis Filippo innehält, weil drei unserer Mitschüler den Hügel raufstürmen. Sie beachten uns aber nicht weiter, sondern stellen sich gleich für ein Wettrennen auf. Vom Rand aus gibt Fernando das Startzeichen, und schon rasen sie los, so schnell, dass der gefrorene Schnee unter den Kufen knackt.

»Fährst du mit mir?«, fragt Filippo und zupft an der rosagrauen Bommel meiner Mütze. »Du kannst dich an mir festhalten.«

Ich zögere. Besser, ich gehe kein Risiko ein.

»Nö, ich glaub nicht, du fährst viel zu schnell.«

Wortlos steht Filippo auf, bringt seinen Bob in Position und dreht sich dann zu mir um, die Fäuste in die Seite gestemmt wie bei unserem ersten Gespräch damals am Gartenzaun.

»Erinnerst du dich noch, wie ich dir was Schwieriges versprochen habe?«

Das Klavier. Dass er weiterspielt, trotz seines Vaters.

»Ja klar. Und was hat das hiermit zu tun?«

»Heute bist du an der Reihe.«

Eigentlich wollte ich vorhin nur so tun, als wäre mir schlecht, doch jetzt habe ich echt Bauchweh.

»Wer bestimmt das?«

»Ich!«

Mit einem Ruck zieht Filippo mir die Bommelmütze vom Kopf und springt damit auf den Schlitten.

»Hey, wie wär's mit einem Wettrennen?«, ruft er dann

zweien aus meiner Klasse zu, die sich gerade für die nächste Abfahrt bereit machen.

Die Jungs sagen sofort Ja und gehen mit ihren Bobs links von ihm in Startposition.

»Los, steig auf, Mafalda, worauf wartest du noch?«

Da ich mich vor den anderen nicht blamieren will, schnappe ich mir meine Mütze wieder, setze mich seufzend hinter ihn, und schon rasen wir los, den Abhang hinunter, so schnell, dass mir dabei die Mütze wegfliegt. Ich klammere mich an Filippo, schreie ihm ins Ohr, dass er viel zu schnell fährt.

»Wie soll ich sonst fahren? Das ist ein Wettrennen!«

»Aber so seh ich nichts!«

»Ich doch auch nicht.«

Grinsend dreht er den Kopf zu mir. Seine Brille ist voller Schnee.

»Schau nach vorn!«, kreische ich voller Panik. »Wir knallen gleich irgendwo dagegen!«

Da lacht er – lacht laut und schallend wie ein Junge, der keine geschiedenen Eltern und einen Riesenspaß hat im Schnee.

»Das ist megageil!«, schreit er, den Lenker fest in der Hand. »Mach die Augen zu! Ich bremse schon rechtzeitig, bevor wir von der Bahn abkommen!«

Die Fahrt dauert eine gefühlte Ewigkeit. Links und rechts der Rodelstrecke nichts als Schnee und Wald. Wir werden das Wettrennen gewinnen, denn ich kann die Schlitten der anderen beiden nicht mehr hören. Ich tue, was Filippo sagt, schließe die Augen. Ich spüre den Fahrtwind auf meinem Gesicht, spüre meine Haare flattern und mein Herz rasen. Oder ist es Filippos? Egal, ich fühle es jedenfalls an seinem Rücken. So dahinzusausen, die Schreie der anderen weit hinter uns, nichts als das Geräusch des Bobs im Ohr, ist wirklich wundervoll. Und gleichzeitig unheimlich. Es ist, wie mit verbundenen Augen zu laufen, nur noch schwindelerregender. Ich bin stocksteif vor Angst. Und trotzdem wünsche ich mir, dass diese Fahrt niemals vorübergeht, eine Stunde, einen Tag, vielleicht auch ewig dauert. Genau wie damals Filippos Musik …

Doch dann werden die Schreie derjenigen, die uns von der Ziellinie aus anfeuern, lauter, und unter großem Applaus rasen wir in einen Haufen Neuschnee. Inmitten dieser weißen Pracht prusten wir los, lachen, bis wir kaum noch Luft bekommen, und rappeln uns auf. Während unsere Mitstreiter ins Ziel sausen, tanzen wir im Kreis herum und jubeln: »Wir haben gewonnen! Wir haben gewonnen!«

Doch auf einmal muss ich stehen bleiben. Ich habe ein ganz komisches Gefühl im Bauch, und irgendwas kratzt in meinem Hals.

»Was ist?«, fragt Filippo verwundert, doch ich kriege keinen Ton mehr raus.

Ich haste durch den Schnee zu einem Busch und mache dort das, was Schweinchen Dick gestern getan hat.

Fernando bringt mich zurück zur Hütte, wo die Herbergsmutter mir einen heißen Tee macht. Damit sich mein Bauch wieder beruhigt, wie sie sagt. In einer Stunde werden wir nach Hause fahren, und da am Morgen alle dafür gestimmt haben, dass wir direkt von der Piste aus aufbrechen, wird gleich unser Busfahrer kommen, um das Gepäck einzuladen. Für Robin Hood heißt das: Jetzt oder nie!

Fernando setzt sich in den roten Sessel im Eingangsbereich und zieht eines seiner chinesischen Bücher aus der Jackentasche, als ich ihm sage, dass ich noch schnell hoch aufs Klo muss.

Im Zimmer, in dem wir geschlafen haben, sind die Betten bereits frisch bezogen. Unser Gepäck haben wir auf Anweisung der Lehrerinnen morgens in eine Ecke gestellt. Chiaras Matratze in der rotblauen Plastiktasche ist leicht zu entdecken. Mit zitternden Händen verstaue ich sie ganz unten in meiner Reisetasche, hänge mir die Tasche um und gehe die Treppe hinunter.

Die Herbergsmutter sitzt am Empfang.

»Geht's besser?«

»So lala«, erwidere ich, und das ist nicht einmal gelogen.

»Ich hab was für dich«, sagt sie da, zieht ein schmales blaues Schächtelchen aus einer Schublade und drückt es mir in die Hand. »Zur Erinnerung. Vielleicht muntert dich das ja ein wenig auf.«

Neugierig öffne ich den Deckel.

»Was ist das?«

»Ein Edelweiß. Das ist eine Blume, die nur hier in den Bergen wächst.«

Ganz vorsichtig streiche ich über die getrockneten Blütenblätter, die aussehen, als könnten sie jeden Moment zu silbernem Staub zerfallen.

»Danke, vielen Dank, das ist wunderschön.«

Fernando hat sich erhoben, um ebenfalls einen bewundernden Blick auf das Edelweiß zu werfen – und das bringt mich auf eine Idee. Ich ziehe ihn am Ärmel vor die Tür.

»Fernando, kannst du mir bei etwas helfen?«

»Kommt ganz darauf an.«

»Ich würde gern jemanden aus der Fünften damit überraschen. Einen Jungen … der mir gefällt. Begleitest du mich zur Hütte der Jungs, damit ich das Edelweiß in seine Tasche packen kann?«

Fernando seufzt. »Na gut, aber schnell.«

In der Hütte muss mein Schulbegleiter erst mal für kleine Jungs. Ich muss mich trotzdem beeilen. Im Zimmer der Jungs ist es nicht so ordentlich wie bei uns, hier hat Fernando die Aufsicht gehabt, und darum stehen auch noch alle Taschen vor den Betten. Zum Glück habe ich Schweinchen Dick gestern seinen Rucksack aus dem Bus holen sehen, sodass ich nicht ewig brauche, um seine rosa Lunchbox zu finden.

Fast im selben Moment steckt Fernando auch schon den Kopf zur Tür herein.

»Fertig?«

Uff, zum Glück habe ich Albertinos Dose gleich in meine Tasche gepackt und stehe schon am Bett unterm Fenster, von dem aus man die Hütte der Mädchen sehen kann. Der Rucksack davor ist noch offen, und obendrauf liegt seine Taschenlampe. Behutsam lege ich das Schächtelchen mit dem Edelweiß daneben und schließe die Schnalle.

»Ich … ich habe die richtige Tasche nicht gleich gefunden.«

»Alles gut. Bei so was sollte man eine Verwechslung auch lieber vermeiden. Aber jetzt komm, lass uns runtergehen, gleich kommt der Bus.«

Am Abend höre ich, wie Mama im Bad meine Reisetasche auspackt. Das stört mich nicht groß, die rosa Lunchbox und die Luftmatratze habe ich längst rausgenommen und in mein Bündel unterm Bett gepackt.

Ich darf das Licht noch zehn Minuten anlassen, haben Papa und Mama gesagt. Für das, was ich tun muss, brauche ich gerade mal sechzig Sekunden: Ich ziehe mein Heft und den schwarzen Stift aus dem Regal und streiche »*Die Sterne am Nachthimmel zählen*«.

Ich weiß, Cosimo, ich habe mir die Sachen von meinen Mitschülern ausgeliehen, ohne zu fragen. Und so was tut man nicht. Aber wenn ich einmal groß bin und gelernt habe, mir wie du alles selbst zu bauen, was ich brauche, gebe ich die Sachen zurück, Ehrenwort! Aber bitte trotzdem der Oma nicht verraten, verstanden?

17

Ich bin mir von Tag zu Tag sicherer. Seit wir vom Skiausflug zurück sind, muss ich immer daran denken, was Emilia abends in der Hütte gesagt hat. Es geht mir nicht mehr aus dem Kopf – wenn ich Ottimo Turcaret hinter den Ohren kraule, während der Hausaufgaben, vor dem Einschlafen, sogar jetzt, auf dem Weg zur Schule.

Man kriegt Bauchweh und muss sich übergeben: Genau das ist mir am Schlittenhang passiert. Die Lehrerin kam rein, als es darum ging, ob man wirklich einen Mann dazu braucht, aber auf jeden Fall habe ich mich beim Wettrennen ganz fest an Filippo gedrückt. Ich fürchte, es ist wahr: Ich bekomme ein Kind. Wie soll ich das bloß Mama beibringen? Und Ottimo Turcaret? Wird er mich dann noch mögen? Und vor allem: Wie soll ich mich um das Kind kümmern, wenn ich nichts mehr sehe?

Im Kindergarten habe ich mit Chiara immer gespielt, dass ich sechs Kinder bekomme – fünf Mädchen und einen Jungen. Doch seit ich diesen Nebel in den Augen habe, habe ich keinen Gedanken mehr daran verschwendet. Ich werde sie schlecht kämmen, und sie werden verhungern, weil ich nicht mit dem Auto zum Einkaufen fahren kann. Na ja, vielleicht kann ich Pizza bestellen … obwohl, nein, davon werden sie dick. Nein,

ein Kind darf ich definitiv nicht kriegen. Ottimo Turcaret reicht. Der sucht sich draußen selbst 'ne Maus zu fressen und kümmert sich allein um seine Körperpflege.

Oje, was soll ich bloß tun? Ich brauche dringend jemanden zum Reden. Estella. Sie ist die Einzige, die mir helfen kann. Als ich die Kirschbaum-Wolke sehe, fange ich an, die Schritte zu zählen, um mich auf andere Gedanken zu bringen. Ohne Blätter ist sie so braun und dünn. Ich zähle, bis ich davorstehe. Eins, zwei, drei ... Wieso hat Estella eigentlich noch nicht gepfiffen? ... Dreiunddreißig, vierunddreißig ... Endlich höre ich sie! Wenn ich jetzt auch noch taub werde, sitze ich wirklich extrem in der Patsche ... Sechsundsechzig, siebenundsechzig ...

Achtzig Schritte ... vielleicht auch nur neunundsiebzig.

Knapp vierzig Meter.

Gleich nach dem Läuten zur großen Pause mache ich mich auf den Weg zur Hausmeisterloge. Draußen regnet es, darum drängen sich alle mit ihren halb ausgepackten Broten in den Gängen. Drei Jungs aus Filippos Klasse spielen Basketball, versuchen, mit zusammengeknüllter Alufolie auf einen Papierkorb zu zielen. Ich würde gern mitspielen, aber mir geht Wichtigeres durch den Kopf.

Nach zwei-, dreimal Klopfen macht Estella auf. Ich schlüpfe an ihr vorbei, lasse das Chaos vor der Tür, wenn auch nicht ganz.

Estella drückt mir eine Chipstüte in die Hand und sinkt auf ihren Drehstuhl, als würde ihr der Boden unter den

Füßen weggezogen. Sie stützt den Kopf in die Hand und den Ellbogen auf den Tisch. Ihr Gesicht sieht müde aus und hat die Farbe von verschimmelten Zitronen – was eigentlich eine wunderschöne Farbe ist, nur wenn man das zu einem Menschen sagt, klingt das nicht gerade nett.

»Willst du keine?«

Wortlos schüttelt Estella den Kopf und zieht meinen Hocker neben ihren Stuhl.

Ich bin auch gern hier, weil der Raum klein und alles ganz nah beieinander ist, sodass ich noch einiges sehen kann. Ich nehme auf dem Hocker Platz, knete die Tüte in meiner Hand, weil ich nicht genau weiß, wie ich anfangen soll, und frage schließlich geradeheraus:

»Hast du Kinder, Estella?«

Abrupt hebt sie den Kopf und dreht sich mit dem Bürostuhl langsam zu mir. Sie sieht wirklich erschöpft aus, von so nah ist ihre Zitronenhaut noch besser zu sehen.

»Nein, hab ich nicht.«

»Und warum nicht?«

»Warum fragst du?«

Vor lauter Verlegenheit knistere ich wieder mit der Tüte.

»Hm, einfach so ... weil ich mich für Babys interessiere.«

Estella reißt die Augen auf – so weit, dass sogar ich das erkennen kann, mitsamt dem Weißen darin.

»Du interessierst dich für Babys?? Das ist ja ganz was Neues! Du hast dich doch nicht etwa verliebt, Mafalda?!«

Ich sehe sie an, weiß nicht, was ich darauf sagen soll,

spüre nur, wie ich von Kopf bis Fuß rot werde. Knallrot. Wie hat sie das bloß erraten? Ich kapiere es doch selbst gerade erst!

Da lacht Estella auf, lacht laut und schallend. Aber nicht, um mich zu ärgern, das höre und sehe ich genau. Mein drittes Auge sagt mir, dass es ein freudiges Lachen ist. Ein Lachen über was sehr Schönes. Über so was wie das Glück.

»Oh, Mafalda, endlich mal eine gute Nachricht! Das freut mich riesig! Jetzt kann ich ruhig sterben.«

»Wieso eine gute Nachricht? Woher willst du das wissen?«

Sie rollt mit ihrem Stuhl zu mir und packt mich an den Schultern. Ihre Nase ist so schmal wie ein Kirschzweig, und ihr pinkfarbener Lippenstift wirkt blasser als sonst.

»Ich weiß es einfach. Wurde auch höchste Zeit, dass es passiert. Sich zu verlieben ist immer eine gute Nachricht, Mafalda, vergiss das nie. Wer auch immer sich verliebt. Teenager, Erwachsene, Kinder …«

Durch die Glasscheibe höre ich Schweinchen Dick, der jemanden um ein Stück von seinem Pausenbrot anschnorrt.

»Auch dicke?«, frage ich schnell.

»Natürlich, auch dicke Kinder. Und alte Leute, Menschen, die weit voneinander entfernt wohnen, Bösewichte …«

»Sogar Bösewichte? Solche wie Dracula?«

»Ja, sogar Dracula hat sich verliebt, so seltsam das für dich auch klingen mag«, sagt Estella mit einem Lächeln. »Und weißt du, warum das so wundervoll ist? Weil es zeigt, dass wir alle gleich sind. Die Liebe macht die Armen reich und die Reichen glücklich.«

»Weil die Liebe für sie wesentlich ist?«

»Ja, für viele Menschen ist sie das.«

»Für dich auch?«

Sie lässt meine Schultern los.

»Ja. Zumindest war sie das mal. Ich hatte in Rumänien nämlich einen Mann, musst du wissen. Aber nach einer Weile haben wir aufgehört, einander zu sagen, dass wir uns lieben.«

»Und deshalb hast du keine Kinder?«

»Ja, wahrscheinlich. Wenn man dem anderen nicht sagt, dass man ihn liebt, und der andere ebenfalls schweigt, ist es besser, keine Kinder zu bekommen.«

Ich nicke, denn ich glaube, ich weiß jetzt, was ich tun muss. Wenn ich Filippo nicht beichte, dass ich mich in ihn verliebt habe, werde ich auch kein Kind bekommen! Es ist ganz einfach: Ich brauche bloß den Mund zu halten. Es ist wirklich immer sehr hilfreich, mit Estella zu reden. Sie weiß so viel über das Leben. Und sie sagt einem immer die Wahrheit.

Jetzt drückt sie auf den roten Knopf neben der Tür, und die Schulglocke hallt durchs Gebäude. Ich winke ihr noch mal zu, trete hinaus auf den Gang und gehe, nein, ich laufe geradezu zu meinem Klassenzimmer. Wenn man liebt, sieht man zwar nicht unbedingt besser, hat aber viel weniger Angst, irgendwo dagegenzulaufen.

Am Nachmittag laufe ich allerdings nicht mehr. Nach der Schule schließe ich mich in meinem Zimmer ein, hole mein Heft hervor und schlage die zweite Seite auf. In den letzten Schulstunden habe ich weiter darüber nachgedacht, was Estella gesagt hat. Und so, wie ich es nun verstanden habe, ist mir eines klar geworden: Weil es bald um mich herum dunkel wird und ich so niemals Windeln wechseln kann, geschweige denn, mich um all das kümmern, was Babys sonst noch brauchen, werde ich keinem Menschen jemals sagen können, dass ich ihn liebe.

Mit beschlagener Brille greife ich zu meinem schwarzen Stift und streiche »*jemanden lieben*« aus.

60 SCHRITTE

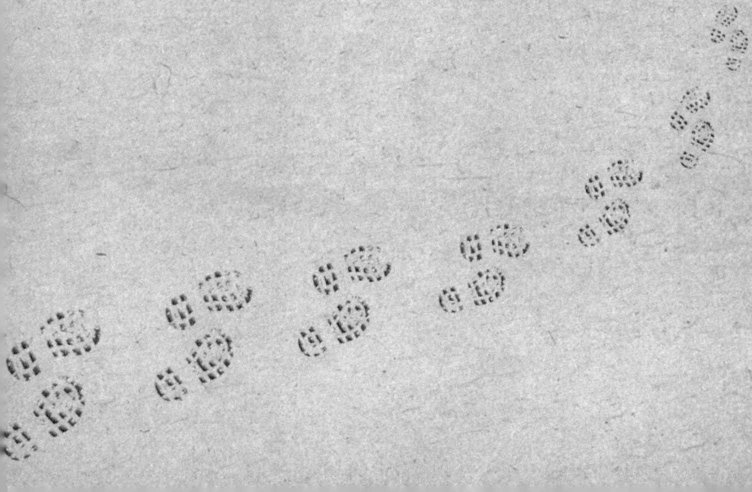

18

»Zum Geburtstag viel Glück … zum Geburtstag viel Glück … zum Geburtstag, liebe Mafalda, zum …«

Mama betritt das abgedunkelte Wohnzimmer mit einer Sahnetorte voller Kerzen, deren Schein ihr Gesicht noch mehr strahlen lässt als ohnehin schon. Fast wirkt es so, als wäre sie allein im Zimmer, während irgendwo aus dem Off ein Chor das Geburtstagsständchen für mich singt.

Doch sie sind alle da: Papa, Onkel, Tante, Andrea, Ravina und Filippo sitzen um mich herum auf dem Sofa und am Boden. Chiara kann leider nicht kommen, hat ihre Mama gesagt. Ich weiß, das ist gelogen, aber egal: Ich habe sie sowieso bloß eingeladen, weil meine Eltern darauf bestanden haben. Sie finden es nämlich schade, dass wir nicht mehr miteinander befreundet sind. Dabei müssten sie als Erwachsene doch eigentlich wissen, dass Freundschaften auch aufhören können, wenn man älter wird. Und dass es besser ist, nur die Freunde zu behalten, die einen nicht belügen.

Ottimo Turcaret liegt auf meinen Füßen unter dem Couchtisch, weil er glaubt, dort in Sicherheit zu sein. Er ist so viel Trubel nicht gewohnt. Aber Mama stellt die Torte genau über sein Versteck, worauf er endgültig die Flucht ergreift – zumal alle immer noch ganz laut »… zum Geburtstag viel Glück!« singen.

Ich blase die Backen auf und puste so fest, dass Sahne von der Torte auf den Teppich spritzt. Normalerweise schaffe ich es, alle Kerzen auf einmal auszublasen, doch diesmal brennt noch eine weiter (immerhin sind es jetzt zehn!), sodass ich noch mal Luft holen und pusten muss, bis es im Zimmer völlig dunkel ist, und alle klatschen und rufen, dass ich mir schnell was wünschen soll.

Der Kerzenrauch steigt mir in die Augen, darum mache ich sie zu und denke an meinen Wunsch – als mich urplötzlich die Angst packt. Ganz langsam öffne ich die Augen … doch ich sehe nichts, um mich herum ist es immer noch völlig dunkel. Mein Herz beginnt zu rasen, darum mache ich sie schnell wieder zu, und während die anderen nicht aufhören zu fragen, ob ich mir schon was gewünscht habe, zähle ich bis zehn … und versuche dann, ein Auge bloß einen winzigen Spalt zu öffnen. Da! Jemand hat endlich das Licht angemacht, und ich kann nun mehr oder weniger all meine Gäste erkennen, auch die Sahnetorte und die grünen Girlanden mit den roten Luftballons, die Papa von der Deckenlampe in der Mitte des Zimmers in alle vier Ecken gespannt hat, sodass man meinen könnte, unter einem Baum voller Riesenkirschen zu sitzen. Ich atme auf. Es wäre schrecklich gewesen, wenn ausgerechnet heute, an meinem zehnten Geburtstag, die Welt um mich herum dunkel geworden wäre.

Zum Glück hat Mama schon damit begonnen, die Torte anzuschneiden. Niemand fragt mehr nach meinem Wunsch. Filippo hat sich mit seinem Stück neben mich an den Tisch gesetzt. Er benutzt zwar ganz gesittet die Gabel, trotzdem verteilt sich die Sahne über sein halbes Gesicht, weil er den Kuchen viel zu schnell hinunterschlingt. Aus den Augenwinkeln sehe ich, dass meine Tante ihn mit einem leicht besorgten, aber auch etwas angewiderten Blick beobachtet. Er scheint es ebenfalls zu merken, dreht sich mampfend zu ihr und zeigt mit der Gabel voller Sahne und Krümel auf die Torte: »*Fantaftifch!*« Meine Tante sieht nun noch besorgter aus, sagt aber Danke, denn sie hat sie gebacken. Ich muss innerlich grinsen wie Ottimo Turcaret, wenn Estella nicht mitbekommt, dass er sein Geschäft mal wieder im Gemüsebeet verrichtet.

Das Telefon klingelt, was aber bis auf mich niemand hört, weil alle durcheinanderreden. Endlich bekommt es auch Papa mit. Er geht mit dem schnurlosen Apparat aus dem Wohnzimmer, ist aber sofort wieder da.

»Da möchte dich noch jemand beglückwünschen, Mafalda.«

Ich folge Papa in die Küche, wo er das Telefon vor mir auf den Tisch legt und mich dann mit Mama allein lässt, die die ersten leeren Teller in den Geschirrspüler räumt.

»Hallo?«

»Alles Gute zum zehnten Geburtstag, Prinzessin.«

Wer ist das …? Stumm blicke ich auf den Hörer.

»Mafalda, bist du noch dran? Hier ist die Königin der Amazonen. Sagt dir das noch was?«

Die Stimme klingt furchtbar dünn, kein bisschen so wie die kräftige, knarzende, wenn sie mich anraunzt, ich soll ihr nicht länger auf den Keks gehen und gefälligst ins

Klassenzimmer zurückkehren oder mich sonst irgendwie beschäftigen. Fast hätte ich sie nicht erkannt.

»Estella! Wo steckst du?«

»Im Krankenhaus.«

»Im Krankenhaus? Wieso denn das?«

Am anderen Ende der Leitung wird es still. Und das für eine ganze Weile.

»Ich … ich bin bei einer Freundin.«

»Geht es ihr schlecht?«

»Ihr weniger. Sagen wir mal so: Sie arbeitet hier.«

Sie arbeitet dort? Ist diese Freundin womöglich Olga, meine Augenärztin? Ich will Estella gerade danach fragen, doch sie spricht schon weiter.

»Und, hast du ein schönes Fest?«

»Ja, hab ich. Es ist nur so schade, dass du nicht dabei bist.«

»Ja, das finde ich auch. Partys sind was ganz Wunderbares. Versprich mir, dass du richtig, richtig viel Spaß hast, okay? Morgen werde ich dann dafür sorgen, dass du in der Schule mein Geschenk bekommst.«

»Wie, du wirst dafür sorgen? Bist du denn nicht in der Schule?«

»Nein, morgen nicht. Meine Freundin ist länger hier. Ich muss mich um sie kümmern.«

»Vielleicht könnte ich sie ja auch mal besuchen.«

»Lieber nicht … Ich will nicht, dass ihr euch begegnet.«

Sie will nicht, dass ich ihre Freundin kennenlerne?

»Na dann, macht's gut zusammen und tschüs«, erwidere ich gekränkt.

»Tschüs, Mafalda. Und vergiss nicht dein Geschenk in der Hausmeisterloge; es liegt in der Schublade mit den Chipstüten, wenn mein Kollege es dir nicht bringt.«

»Danke ... und grüß deine Freundin trotzdem von mir.«

In der Leitung wird es wieder still, ich höre sie atmen.

»Alles Gute, meine kleine Baronin«, sagt sie schließlich mit einer ganz seltsamen Stimme und legt auf.

Meine Brille ist völlig beschlagen. Verwirrt starre ich durch den Nebel auf die Tischplatte. War es etwa Estella, die mir neulich diesen kleinen Zettel auf die Schulbank gelegt hat? Bisher dachte ich eigentlich, dass Filippo ...

»Mafalda, deine Geschenke warten! Und meins musst du zuerst auspacken!«

Filippo kommt in die Küche gestürmt und kann nicht mehr rechtzeitig bremsen. Mitsamt dem Stuhl und seinem Geschenk landen er und ich auf dem Boden vor dem Geschirrspüler. Passiert ist uns nichts, wir müssen nur furchtbar lachen. Kopfschüttelnd steigt Mama mit ihren hohen Absätzen über uns hinweg (sie hat sie heute an, obwohl eigentlich kein Tag für hohe Absätze ist) und holt den Obstsalat aus dem Kühlschrank.

»Vielleicht ist es besser, ihr geht rüber zum Auspacken, Mafalda. In einer halben Stunde holt Filippos Papa ihn nämlich schon ab.«

Im Wohnzimmer hoffe ich kurz, in Filippos Schachtel ein T-Shirt mit meinem Namen zu finden, wie das, das er Emilia geschenkt hat. Aber was ich darin entdecke, ist noch viel schöner. Zuerst habe ich nicht kapiert, was es ist. Es sieht aus wie eine winzige Stereoanlage, doch dann wühle ich noch mal im Styropor und finde auch ein Mikrofon – ein richtiges, keines aus Plastik wie bei Kinderspielzeug.

»Das ist ein Karaoke-Player, aber ein ganz besonderer.«

Filippo nimmt das Gerät und bahnt sich damit einen Weg zwischen den Gästen hindurch zum Fernseher. Dort drückt er verschiedene Tasten und steckt dann das Mikrofonkabel irgendwo hinten am Bildschirm ein. Mit der Fernbedienung startet er das Programm.

»Also, zuerst singt jemand das Lied vor«, erklärt er mir, »so kannst du erst mal nur zuhören und dabei den Text lernen. Und dann läuft nur die Musik, und du kannst allein dazu singen. Wenn du den Text nicht mehr weißt, spulst du einfach zurück und hörst es dir noch mal an.«

Im Fernseher läuft jetzt ein Lied, das ich schon ein paarmal im Radio gehört habe, in Mamas Auto. Andrea springt vom Sofa auf und nimmt mir das Mikrofon aus der Hand.

»*C'era un ragazzo … che come me amava i Beatles … e i Rolling Stones …*«

Dafür, dass er Musiklehrer ist, singt er ziemlich schlecht. Die anderen scheint das allerdings nicht weiter zu stören, sie stimmen lauthals mit ein. Ich gehe zu Filippo.

»Danke. Das ist echt klasse«, rufe ich ihm ins Ohr, gerade so laut, dass es sonst niemand hört.

Schade nur, dass ich sein schönes Geschenk nicht mehr sehr oft benutzen kann. Kurz überlege ich, ihm zu gestehen, dass ich bald in den Kirschbaum ziehe, da wühlt er noch mal in der Schachtel, in der das Karaoke war.

»Da ist eine Karte dabei«, sagt er und überreicht mir einen blauen Umschlag.

Wortlos nehme ich ihn entgegen und schaue mich kurz um, doch niemand achtet auf uns, alle schmettern schon begeistert den nächsten Song, sodass ich Filippo unbemerkt in den Flur ziehen kann.

»Deine Karte lese ich heute Abend im Bett, okay?«

Er stemmt die Hände in die Hüften.

»Und wieso nicht jetzt?«

Ich drehe den Umschlag nervös hin und her.

»Weil … weil ich nichts erkennen kann.«

»Dann nimm die Lupe.«

Meine Brauen wandern hinauf bis zum Haaransatz.

»Woher weißt du, dass ich eine Lupe habe?«

»Ich habe irgendwann mal gesehen, wie du sie eingesteckt hast. Also los! Warum trägst du sie sonst mit dir rum, wenn du sie dann doch nicht benutzt?«

»Weil … weil es mir voll peinlich ist. Ich lese damit nur, wenn ich ganz allein bin.«

Filippo sieht mich schweigend an und rührt sich nicht von der Stelle. Irgendwann gebe ich auf.

»Okay, okay. Aber lass uns in mein Zimmer gehen.«

Ottimo Turcaret liegt auf dem Bett und macht nur Miau, als Filippo ihn an den Vorderbeinen auf seinen Schoß zieht. Ich setze mich daneben und öffne den Umschlag.

»Ich hab einen extra dicken Stift benutzt und in Großbuchstaben geschrieben«, sagt Filippo stolz.

Ich ziehe meine Lupe aus der Tasche, halte sie vor mein rechtes Auge und beuge mich über das Blatt.

ALLES LIEBE ZU DEINEM ERSTEN ZWEISTELLIGEN GEBURTSTAG!

FILIPPO, CRISTINA UND MAURO

»Ist Mauro dein Papa?«

»Hm, ja.«

Ohne ein Wort zu sagen, sitzen wir da. Ottimo Turcaret erlaubt Filippo, ihn hinter den Ohren zu kraulen, und ich sehe ihnen dabei zu, auch wenn ich nicht viel erkenne. Ich denke nach.

»Wohnst du gerade bei ihm?«

»Nö. Nur am Wochenende, gestern und heute.«

Es ist das allererste Mal, dass wir darüber reden.

»Bist du nicht gern bei ihm?«

Filippo zuckt mit den Schultern und streichelt weiter Ottimo Turcaret.

»Nein. Weil ... es ist bloß seinetwegen, dass ich immer wie eine Rakete hochgehe.«

»Wer sagt das?«

»Die Psychologen. Auch die Psychologin von der Schule. Sie sagt, dass ich mich seit der Scheidung meiner Eltern nicht mehr konzentrieren kann und ständig austicke.«

»Aber das machst du doch nicht mit Absicht.«

Da es mir so vorkommt, als würde jetzt Filippos Brille beschlagen, lege ich ihm den Arm um die Schultern. Reglos sitzt er da, dann laufen die Tränen nur so über sein

Gesicht, und sein ganzer Körper wird von einem Weinkrampf geschüttelt, alles an ihm zittert, Rücken, Arme, Beine, einfach alles bis in die Zehenspitzen. Das Einzige, was an Filippo nicht weint, ist seine Stimme. Ohne ein Wort zu sagen, sitzen wir da, bis uns die Erwachsenen rufen. Wie immer stören sie im unpassendsten Moment – selbst beim lautlosen Weinen.

Nachdem alle gegangen sind, hat Papa die Luftballongirlanden abgenommen, und ich habe ihn gefragt, ob ich einen davon behalten darf. Den habe ich dann unters Bett in mein Bündel gepackt, damit ich ihn wie einen Heißluftballon benutzen und mit ihm aus dem Kirschbaum davonfliegen kann, falls ich dort irgendwann nicht mehr bleiben kann. Wegen der Kälte. Oder weil ich alt werde und sterbe.

»Mafalda, mach das Licht aus«, höre ich Papas Stimme aus dem Flur.

Ich liege im Bett, Ottimo Turcaret auf dem Bauch, und habe meine Augen ausnahmsweise geschlossen. Ich mache die Augen sonst nie freiwillig zu, außer ich spiele im Garten »Kuh mit verbundenen Augen«. Ich versuche, sie immer und überall so weit offen wie möglich zu halten, damit ganz viel Licht reinfällt und es so vielleicht doch mein Leben lang reicht.

Heute Abend muss ich meine Augen allerdings schonen. Ich bin nicht müde, wirklich nicht – sie aber schon. Ich will hinter mich tasten, dahin, wo der Lichtschalter ist, als Mama hereinkommt. Ich hebe die Lider einen winzigen Spalt, gerade so viel, dass es trotzdem dunkel bleibt.

Als Erstes rieche ich ihren Pfefferminzatem. Dann nehme ich ihren gesichtslosen Schatten mit den langen schwarzen Haaren wahr. Seltsam, ich habe immer gedacht, dass man im Dunkeln überhaupt nichts mehr sieht. Aber Mütter zeigen sich einem anscheinend sogar im dunkelsten Dunkel. Ob sie wohl auch im Dunkeln *sehen* können, so wie Katzen? Um ihre Kinder finden zu können, wenn ihnen Gefahr droht? Wenn dem so wäre, kann ich vielleicht doch noch irgendwann Mama werden …

Ich öffne die Augen und stütze mich auf den Ellbogen.

»Sag mal, Mama, findest du mich eigentlich auch, wenn es dunkel ist?«

Mama streichelt mir über die Haare.

»Im Dunkeln kann ich dich nicht sehen, Mafalda. Ich bin mir aber ganz sicher, dass ich dich trotzdem finden würde. Und jetzt wird geschlafen. Es ist wirklich schon spät.«

Ich schließe die Augen, und als Mama sich über mich beugt, um mir noch einen Gutenachtkuss zu geben, fühle ich mich wie von Zuckerwatte umhüllt, bloß dass diese schwarz statt rosa ist. Meine Finger gleiten durch die weiche Wolke, bis Mama sich aufrichtet.

Als sie einen Augenblick später die Tür hinter sich zuzieht, fällt mir ein, dass ich ihr nicht erklärt habe, dass die Dunkelheit, die ich meine, meine eigene ist. Aber das ist jetzt egal: Sie findet mich auch da.

Heute Abend will ich eigentlich gar nicht mit dir reden, Cosimo, nicht mal mit Oma. Euch geht's da oben prächtig, ihr schwingt euch mit Seilen von Ast zu Ast, lest zu-

sammen Bücher und habt bestimmt noch nicht mal mitgekriegt, dass es für mich nur noch sechzig Schritte bis zum Kirschbaum sind. Ist dir klar, was das heißt, Cosimo? Dreißig Meter. Viel ist das nicht.

Weißt du, dein kleiner Bruder hat einmal mit einem alten und sehr weisen Franzosen über dich gesprochen, und der hat ihm erklärt, dass du auf den Bäumen lebst, weil du glaubst, dass man die Welt erst gut sehen kann, wenn man die richtige Höhe erreicht hat. Und da frage ich mich: Wie hoch muss ich wohl in meinen Kirschbaum klettern, um noch gut zu sehen?

19

Olga hat grüne Augen, soweit ich mich erinnern kann.

Ich versuche zu erkennen, ob das wirklich so ist, aber die graue Wolke vor ihrem Gesicht will nicht verschwinden. Deshalb sitze ich hier – Mama und Papa links und rechts von mir, auf denselben unbequemen Stühlen wie beim letzten Mal.

Die Ärztin drückt mir etwas Langes, Glattes in die Hand. Ein Bleistift, so wie immer. Ich taste ihn ab und spüre, dass wieder der übliche Dinosaurier-Radierer draufsteckt.

»Ich hab keine mit ägyptischen Gottheiten gefunden, tut mir leid.«

Egal, ich kann ohnehin nicht so viel mit Radiergummis anfangen. Sie sind nicht wesentlich für mich. Aus Höflichkeit bedanke ich mich trotzdem und behalte den Bleistift in der Hand, damit sie denkt, dass er mir gefällt.

Olga hat einen weißen Block auf dem Schreibtisch liegen, und ich weiß, dass wir Kinder ihn zum Zeichnen benutzen dürfen. Ich beginne, darauf herumzukritzeln, während die Erwachsenen reden und ich so tue, als würde ich nicht zuhören. Nach dem zweistelligen Geburtstag muss man sehr oft so tun als ob: als ob es noch nicht dunkel ist, als ob man nicht weint oder, so wie jetzt, nicht zuhört … Und als Erwachsene werde ich dann wohl auch so tun müssen, als wäre derjenige, der neben mir sitzt, gar nicht da, so wie Mama und Papa das gerade tun.

»Was sagen Sie zu ihrem Zustand, Frau Doktor?«

»Er ist gar nicht so katastrophal.«

Noch so etwas, das man tun muss, wenn man groß ist: in alle Sätze ein *nicht* einfügen, wenn man eigentlich das genaue Gegenteil sagen will. Wir Kinder üben das schon in der Schule, zum Beispiel wenn die Lehrerin zum Friseur geht und anschließend fragt, wie uns ihr neuer Haarschnitt gefällt. Ich bin mir sicher, dass ihn fast alle Jungs blöd finden, sagen tun sie allerdings: »Nicht schlecht«, um sich bei ihr einzuschleimen und nicht drangenommen zu werden.

»Hat sie mit der Brailleschrift angefangen?«, fragt Olga nun.

»Oh ja, sie übt, und das nicht zu knapp.«

Wieder so ein *nicht*, das das genaue Gegenteil bedeutet: Ich habe bisher nur ›Der kleine Prinz‹ in Brailleschrift gelesen, auch wenn das wunderschön war.

»Frau Doktor …«, Mamas Stimme klingt jetzt, als würde sie ein paar Tränen zurückdrängen, »gibt es denn wirklich nichts, was ihr das Leben ein wenig erleichtern kann?«

»Nun, man hat eine Brille mit eingebauter Kamera entwickelt. Eine Software erhöht die Kontraste bei den von ihr aufgenommenen Bildern, die sie dann auf die noch nicht beeinträchtigten Bereiche der Netzhaut projiziert …«

Eine neue Brille? Hoffentlich nicht. Das klingt furchtbar kompliziert und hört sich außerdem so an, als ob es wehtut.

»Im jetzigen Stadium hilft ihr die jedoch noch nicht weiter«, fährt Olga fort. »Und wir sollten sie im Moment nicht noch mehr seelisch belasten.«

Uff, Gefahr gebannt! Diese neuen Brillen sind bestimmt potthässlich. Und wetten, diese Kamera würde mitten auf meinem Kopf sitzen? Dann wäre ich die reinste Lachnummer in der Schule.

Im Raum ist es jetzt völlig still, sodass ich auf meinem Stuhl zusammenzucke, als Olga sagt: »Wow, was für eine schöne Zeichnung, Mafalda. Das sieht aus wie der Sternenhimmel von Van Gogh.«

Ich schaue auf das Blatt und bin mir ziemlich sicher, lauter graue Kringel gemalt zu haben, mehr nicht. Anscheinend hat dieser Van Gogh auch einen Stargardt-Nebel, wenn er so malt wie ich.

Der Besuch bei der Ärztin war zum Glück nicht völlig umsonst. Ich weiß jetzt nämlich, was ich mit dem Dinosaurier-Bleistift anfangen kann, den sie mir gestern geschenkt hat.

Im Klassenzimmer ist es mucksmäuschenstill, wir schreiben gerade eine Geometriearbeit, und die ist echt schwer. Ich bin bereits fertig, ich habe die Aufgaben mit den Plastikstäbchen gelegt. Fernando, mein Integrationshelfer, hat mir eine Eins minus gegeben und liest jetzt in einer freien Bank hinten im Klassenzimmer sein chinesisches Buch. Er gibt mir fast immer eine Eins minus. Eine

Eins, weil ich mich bemüht habe, und ein Minus, damit es nicht zu gut wird, wie er sagt.

Langsam drehe ich mich um zu Kevin. Er konzentriert sich verzweifelt auf die Symmetrieachsen, er wird das nie verstehen.

»Pssst …«

Kevin hebt kurz den Kopf, senkt ihn aber gleich wieder.

Hm, die Lehrerin müsste einen Kaffee trinken gehen. Da ich mit dem Test fertig bin, biete ich mich freiwillig an, vielleicht bekommt sie ja so Lust drauf.

»Frau Lehrerin«, sage ich leise und beuge mich zu ihrem Pult vor. »Darf ich Ihnen einen Kaffee holen?«

Hastig legt sie das Handy weg, mit dem sie gerade wer weiß was spielt; es macht ständig »Pling!«, aber ganz leise, ich bin die Einzige in der Klasse, die es hört.

»Danke, Mafalda«, sagt sie und schüttelt den Kopf. »Aber das mache ich besser selbst. Schreib du mir in der Zwischenzeit auf, wer schwatzt.«

Sie legt mir einen Zettel hin, greift nach ihrer Handtasche und geht. Sehr gut, jetzt kann ich es noch mal probieren.

Kevin hängt ganz schief in seiner Bank und trommelt mit seinem schwarz-gelben Bleistift genervt auf die Tischplatte. Diese Symmetrieachsen wollen ihm einfach nicht in den Kopf. Ich versuche zu erkennen, was Fernando hinten neben dem Schrank gerade tut, denn er darf mich nicht erwischen, er sieht aber nicht so aus, als würde er gut aufpassen. Ich stütze mich mit einem Ellbogen auf Kevins Bank und flüstere:

»Hör mal, willst du einen Dino-Bleistift?«

Ich weiß, dass er so was liebt. Schlangen, Reptilien und alles, was glitschig grün ist und wie ein Dino aussieht. Sofort richtet er sich kerzengerade auf und nickt.

»Gut, dann können wir tauschen«, raune ich ihm zu. »Siehst du diesen Bleistift?«

Ich ziehe den Stift mit dem Radiergummi-Dinosaurier aus der Tasche.

»Cool!«, ruft er, worauf Fernando nur »Pssst« macht, ansonsten aber nicht von seinem Buch aufsieht.

Ich lege den Bleistift auf Kevins Geometriearbeit, damit er ihn sich genau ansehen kann.

»Den schenk ich dir, wenn ich dafür was von dir bekomme.«

»Und was?«

»Ich finde deinen Regenponcho so toll. Den würde ich gern dagegen eintauschen.«

Kevin denkt keine Sekunde darüber nach.

»Auf keinen Fall. Der ist viel mehr wert. Und so einen Bleistift kauf ich mir für einen Euro im Schreibwarenladen.«

Oh nein, es hat nicht geklappt! Meine Brille beschlägt.

»So einen gibt's nicht im Schreibwarenladen. Den hab bloß ich. Wenn du ihn willst, hätte ich gern den Poncho dafür.«

»Nur wenn du mir dafür den Bleistift *und* deine Detektiv-Lupe schenkst.«

Meine Lupe?! Woher weiß er …? Doch mir bleibt nicht viel Zeit zum Überlegen, die Lehrerin kann jeden Moment zurückkommen. Andererseits kann ich ohnehin kaum noch etwas mit ihr anfangen. Ich ziehe sie aus der Tasche und reiche sie Kevin, der beides sofort unter seiner Bank verschwinden lässt und dann sein Federmäppchen als Schutzwall vor meiner Nase aufbaut.

»Bringst du ihn mir morgen mit?«

»Einen Scheiß werde ich«, sagt er, beugt sich wieder über seine Arbeit, und im selben Moment geht die Tür auf, und die Lehrerin kommt mit ihrem Kaffee herein.

Normalerweise mag ich den Duft von Automatenkaffee, aber heute sticht mir der Geruch so in die Nase, dass eine Träne aus meinem rechten Auge rollt – genau so, als würde ich vor Müdigkeit feuchte Augen bekommen. Nur dass ich im Moment nicht müde, sondern stinksauer bin. Bleistift und Poncho sind mir schnurzegal, ich möchte nur noch alles und jeden mit dem schwarzen Stift fett durchstreichen! Sie können mich alle kreuzweise – bis auf Estella und Ottimo Turcaret natürlich. Und bis auf meinen Baum.

Mein Kirschbaum.

Manchmal male ich mir aus, wie es sein wird, dort oben zu leben, und stelle mir eine Art Haus aus Blättern vor, direkt neben den Vogelnestern. Davon gibt es nämlich ganz viele im Kirschbaum. Und wenn ich mich einsam fühle, klopfe ich einfach gegen den Stamm, und schon fragt meine Oma: »Hallo, wer ist da?«

»Mafalda!«, werde ich sagen, worauf der Kirschbaum, besser gesagt der Riese, den Kopf schütteln und ein paar rosaweiße Blüten auf uns herabregnen lassen wird. Und dann spielen meine Oma und ich Wolkenraten.

Doch dafür brauche ich meine Lupe. Ohne fühle ich mich irgendwie seltsam, und außerdem hat Papa sie mir geschenkt. Ich kann nicht auf meinen Baum ziehen, ohne eine Erinnerung an ihn dabeizuhaben. Als es zur Pause läutet, in der wir mit unseren Pausenbroten auf den Flur müssen, saust Kevin wie der Blitz aus seiner Bank und rennt zur Toilette.

Mit verschränkten Armen lasse ich mich neben der Klassenzimmertür zu Boden gleiten, rutsche langsam mit dem Rücken an der Wand nach unten, wie ich es mal in einem Film gesehen habe – und dabei fällt mir ein, dass ich schon lange nicht mehr im Kino war. Und bestimmt auch nicht mehr viele Filme sehen werde, bevor es dunkel um mich wird. Und danach ist es sowieso vorbei. Warum nur? Warum ausgerechnet ich? Ich vergrabe mein Gesicht in den Händen und fange an zu weinen.

»Warum weinst du?«

Nach Kirschkrapfen duftende Krümel fallen auf meine Hände. Ich hebe den Kopf. Vor mir stehen ein Paar schwarze Turnschuhe und zwei Beine, die in Jeans stecken. Sie könnten jedem gehören, aber ich erkenne die Stimme.

Filippo setzt sich neben mich auf den Boden und hört sich an, was ich ihm über Kevin erzähle. Ich versuche, mich dabei kurzzufassen, denn wenn ich zu lange rede, wird Filippo zappelig, das weiß ich inzwischen. Noch ehe ich zu Ende erzählt habe, springt er auf. Er knüllt die Krapfentüte zusammen, wirft sie in einen aus meiner Sicht ziemlich weit entfernten Papierkorb, beglückwünscht sich selbst mit einem »Yes!« zu seinem Volltreffer und macht dann einen Schritt Richtung Klassenzimmertür.

Ich rappele mich schnell auf, um seine schon auf der Türklinke liegende Hand zu packen. Es ist verboten, in der Pause allein ins Klassenzimmer zu gehen.

»Was hast du vor?«

Filippo schiebt mich beiseite – langsam, aber fest entschlossen.

»Ich helf dir, deine Sachen wiederzukriegen. Pass auf und sag Bescheid, wenn jemand kommt.«

Ich versuche, ihn zurückzuhalten, weil ich Angst habe, nicht rechtzeitig zu sehen, wenn jemand kommt, aber Filippo ist schon in Lichtgeschwindigkeit in den Raum geschlüpft. Auf der Schwelle zwischen Klassenzimmer und Flur spüre ich, wie sich mein Magen nervös zusammenzieht.

»Es ist die hinter meiner! Schau unter die Bank!«

Ich muss ihm nicht erklären, wo meine Bank steht, er steuert gleich auf die richtige zu. Meine Anspannung lässt ein bisschen nach – da legt sich eine Hand auf meine Schulter.

»Was ist hier los?«

Eine von den älteren Lehrerinnen, die ich kaum kenne, steht hinter mir in der Tür. Ich bin wie gelähmt vor Angst.

»Was machst du da?«, ruft die Lehrerin über meinen Kopf hinweg. Filippo kniet zwischen den Bänken, aber sie hat ihn trotzdem entdeckt.

Hinter der Lehrerin höre ich Schritte und dann einen Schrei.

»Das sind meine Sachen! Die beklauen mich!«

Kevin schubst mich zur Seite und rennt zu seiner Bank, wo er sich mit Filippo um meinen Bleistift und meine Lupe zu balgen beginnt. Aber Filippo lässt nicht locker.

»Die gehören dir nicht! Du hast sie ihr weggenommen!«

»Sie hat sie mir geschenkt! Jetzt gehören sie mir!«

»Nein, du hast sie reingelegt!«

Inmitten der Brüllerei und des Gerangels kommt der Konrektor angelaufen, der die beiden trennt und wissen will, was vorgefallen ist. Kevin schreit sofort, dass Filippo ihn beklaut hat, worauf ich mich einschalte und ihn anblaffe, dass die Sachen nicht ihm, sondern mir gehören.

»Du hast sie mir geschenkt, du blöde Kuh!«

Keine Ahnung, wo ich den Mut hernehme: Jedenfalls stürze ich mich auf Kevins blöde Stimme und ertappe mich keine Sekunde später dabei, wie ich wild und ohne Brille um mich schlage. Meine Fäuste treffen teilweise nur die Luft, teilweise aber auch was Weiches, das hoffentlich Kevins Gesicht ist. Ohne etwas zu sehen, kann man sich also auch prügeln. Ich darf nicht vergessen, das in meiner neuen Liste zu notieren.

Die Stühle im Gang vor dem Sekretariat sind genauso unbequem wie die bei Olga, nur dass ich hier nicht neben Mama und Papa, sondern neben Filippo sitze – auch er mit einem schriftlichen Verweis in der Hand, der vom Direktor und den Eltern unterschrieben werden muss.

Es ist das erste Mal, dass ich zum Rektor soll. In diesem Jahr habe ich schon viel getan, was man eigentlich nicht tut. Aber nur weil es nicht anders geht, nicht weil ich mich danebenbenehmen will: Ich will nicht von zu Hause weglaufen. Und ich will auch Kevin nicht verprügeln … Na gut, Kevin wollte ich wirklich verprügeln, aber nur weil er versucht hat, mich auszutricksen, und ich es hasse, wenn man lügt.

»Ich weiß, dass du es hasst, wenn jemand lügt, aber ich muss es trotzdem gleich tun. Denn wenn ich es nicht tue, bekommst du auch Schwierigkeiten. Also halt bitte den Mund, okay?«

Filippo berührt kaum merklich meinen Arm. Es ist das allererste Mal, dass er mich von sich aus berührt. Ich verstehe kein Wort. Warum muss er gleich lügen? Ich mag keine Lügen. Sag immer die Wahrheit, lautet Estellas Wahlspruch.

Ich schiebe meine Brille zurück auf die Nasenwurzel und schaue ihn an.

»Was meinst du damit?«

»Sag einfach nichts.« Filippo lässt die Beine baumeln. »Hast du Lust auf ein paar Korbwürfe?«

Ohne meine Antwort abzuwarten, ballt er den Verweis zu einem Papierball zusammen und zielt damit auf eine Plastikpalme in der Ecke des Flurs, direkt neben dem Kopierer. Dahinter muss ein Papierkorb stehen; ich höre das dumpfe Geräusch, mit dem der Ball darin landet.

»Jetzt du!«

Da ich auch nichts anderes als den Verweis in Händen habe, mache ich es ihm nach. Bestraft werde ich ja so oder so. Ich werfe meinen Papierball in Richtung Korb und höre, wie er an der Wand abprallt und zu Boden fällt. Daneben!

Filippo saust los, um unsere Papierbälle einzusammeln, und gibt mir meinen zurück.

»Los, noch mal!«

Ich versuche mich gerade an meinem sechsten Wurf, als der Rektor aus seinem Büro kommt, um unsere Verweise zu unterschreiben.

»Was zum Teufel macht ihr da?!«

Diesmal brauche ich kein drittes Auge, um zu begreifen, dass er stinksauer auf uns ist.

Augenblicklich fühle ich mich genauso klein und zerknüllt wie der Verweis hinter dem Kopierer. Ich bin schon drauf und dran, auch gleich noch dieses Vergehen zu beichten, als sich Filippo zwischen mich und den Rektor stellt.

»Ich bin schuld.«

Der Rektor ist ein großer, hagerer Mann mit wenig Haaren und blauen Adern auf der Stirn. Viel Angst haben muss man eigentlich nicht vor ihm, er sitzt bloß den lieben langen Tag in seinem Büro und spricht auch sonst nicht viel mit uns Kindern. So ähnlich wie der Hausmeister mit den Soßenflecken. Womöglich sind die beiden sogar heimlich miteinander befreundet und reden über uns, während sie gemeinsam Kaffee trinken. Nein, Quatsch, dafür sind sie viel zu verschieden. Obwohl … Filippo und ich sind ja auch verschieden und trotzdem Freunde.

»Ich bin schuld«, sagt mein Freund noch einmal, »sie

hat noch versucht, mich aufzuhalten, aber ich habe sie zur Seite geschubst und bin ins Klassenzimmer. Und gerade eben habe ich mir ihren Verweis geschnappt, um damit auf den Papierkorb zu zielen.«

Instinktiv springe ich auf, um »Das stimmt so nicht!« zu rufen, aber der Rektor ist schon auf dem Weg in sein Büro und winkt Filippo, ihm zu folgen.

»So geht das nicht, mein Junge, so geht das ganz und gar nicht! Wir beide haben jetzt ein ernstes Wort miteinander zu reden. Mafalda, du kannst gehen.«

Filippo sieht mich nicht mal an. Als ich ihn festhalten will, reißt er sich los, flüstert mir zu, dass ich verschwinden soll, und macht die Tür zum Büro des Rektors vor meiner Nase zu. Das Letzte, was ich von ihm sehe, sind seine Brille und ein kurzes Lächeln.

Verloren und ratlos stehe ich da und schaue mich um. Viel sehe ich nicht, meine Brillengläser sind verschmiert und beschlagen. Vielleicht sind es aber auch meine Augen, die so verschmiert und beschlagen sind wie die Windschutzscheibe von Mamas Auto. Die Scheibenwischer, die sie dafür hat, könnte ich für meine Augen auch gut gebrauchen. Aber so kleine hat noch niemand erfunden.

Nichts regt sich im Flur, alle anderen Schüler sind schon längst auf dem Weg nach Hause. Links von mir wird eine Tür geöffnet, Sekretärinnen lachen. Eine Frau in einem vermutlich hocheleganten schwarzen Rock geht mit einem Stapel Papiere an mir vorbei zum Kopierer. Ich höre, wie sie auf eine Taste drückt, und dann lässt ein grünes Licht Funken in meinen Augen sprühen, weil sie den Deckel nicht heruntergeklappt hat. Schnell wende ich den Blick ab. Die Sekretärin fragt, ob sie mir irgendwie helfen kann. Ich schüttele wortlos den Kopf, daraufhin sammelt sie ihre Unterlagen ein und kehrt in ihr Büro zurück. Ich höre, wie sie die Tür zumacht.

Jetzt bin ich wirklich allein. Ich bleibe stocksteif stehen und zähle langsam bis zehn. Doch niemand kommt. Niemand kommt, um mich zum Schultor zu bringen. Um mich herum ist es totenstill.

Da stürze ich los, renne, wie ich seit Ewigkeiten nicht mehr gerannt bin, so schnell wie die anderen beim Spielen im Park oder beim Sport auf der Aschenbahn. In meiner Schule sind die Böden blau, die Wände grau, die Türen grau und hellblau gestrichen. Es ist, als würde ich ins Nichts rennen, während ich den Flur hinuntersause, dann durch die Aula, bis ich mit dem ganzen Körper gegen die Tür zur Hausmeisterloge pralle. Ohne nachzudenken, schlüpfe ich in den Raum und knalle die Tür hinter mir zu. Völlig außer Atem lehne ich mich dagegen.

Mein Herz klopft so laut wie die Bongos von meinem Cousin Andrea. In der Hausmeisterloge ist es dunkel, die Rollläden zum Eingangsbereich sind heruntergelassen. Nur ein schmaler Lichtstreifen fällt durch ein kleines Fenster herein, das auf den Pausenhof hinausgeht. Ich halte die Hand ins Licht, versuche, die Staubteilchen zu fangen, und spreize dann die Finger, um deren schnurgerade Schattenlinien zu betrachten; der Kontrast Dunkel und Hell ist mittlerweile das Einzige, was ich noch gut erkennen kann, vor allem wenn es sich dicht nebeneinander befindet. Darum versuche ich nun auch, dem

Schatten meiner Hand zu folgen, wie er sich auf die Gegenstände um mich herum legt: auf Estellas Bürostuhl, den Schreibtisch, die Schublade mit den Chips ... Apropos Chips: Mein Geburtstagsgeschenk! Estella war heute wieder nicht in der Schule, und der ältere Hausmeister hat es mir natürlich nicht gebracht. Ich taste mich zum Schreibtisch, setze mich auf den Stuhl mit den Rollen und öffne die Schublade mit den beschlagnahmten Dingen. Kurz wühle ich darin herum, bis ich ein in Papier gewickeltes Päckchen mit gekräuseltem Geschenkband finde.

Es ist ziemlich flach und fühlt sich ganz weich an. Das ist jetzt schon das zweite Mal kurz hintereinander, dass ich etwas Weiches geschenkt bekomme. Was wohl in diesem drin ist? Ich lege es vor mich auf die Tischplatte und beginne, es vorsichtig auszupacken. Ich bemühe mich immer, das Geschenkpapier nicht kaputt zu machen, doch diesmal ist meine Neugier so groß, dass ich es zuletzt doch schnell aufreiße.

Ein Stern! Das ist das Erste, was ich sehe. Ein großer weißer Stern, der auf ein schwarzes T-Shirt gedruckt ist. Auf eines wie die, die Filippos Mama in ihrem Laden bedruckt. Hat Estella es etwa dort in Auftrag gegeben? Die Vorstellung, dass Estella und Filippo miteinander verbunden sind durch das, worüber meine Hände streichen, macht mich glücklich. Ich vergrabe mein Gesicht darin. Estella hat es gewaschen und gebügelt und auch denselben Weichspüler wie für ihre eigene Kleidung benutzt, denn es riecht nach ihr. Der Stern glänzt, sobald ein wenig Licht drauffällt, das sehe ich sogar mit meinen Fingern.

Und meine Finger sind es auch, die dann noch einen zweiten Stern entdecken. Ich drehe das T-Shirt um und halte es mir vor die Brust. Der zweite, genauso weiße Stern ist kleiner und liegt genau auf der Höhe meines Herzens.

20

In Mamas Auto ist es immer heiß. Heute jedoch noch mehr als sonst. Vielleicht, weil ich ihr das mit dem Verweis beichten muss. Und dass ich ihn zerknüllt und damit Basketball gespielt habe.

Doch wie üblich erzählt Mama mir auf dem Nachhauseweg dies und das, sodass ich sie einfach reden lasse. Ich lehne die Stirn gegen das Fenster, hauche die Scheibe an und zeichne einen Stern darauf. Er verschwindet sofort, ohne dass ich ihn ganz erkennen kann, aber es macht mir nichts aus. In meinem Schulrucksack habe ich Estellas T-Shirt, und darauf befinden sich gleich zwei Sterne – ein kleiner für mich und ein großer für sie. Ich werde es in meinem Bündel unterm Bett verstecken. Und wenn ich dann auf meinen Baum gezogen bin, werde ich es abends anziehen, damit Estella zwei Sterne nur für sich im Schulhof leuchten sieht, wenn sie frühmorgens zur Arbeit kommt.

Als ich wenig später die Treppe zu unserer Wohnung hochgehe, kommt mir in den Sinn, dass ich Estella am besten sofort anrufe und mich bedanke, nicht dass ich nicht mehr telefonieren darf, nachdem ich Mama und Papa das mit dem Verweis gestanden habe. Beim Treppensteigen bin ich normalerweise äußerst vorsichtig, vor allem an Orten, die ich nicht kenne, weil man nie weiß, wie viele Stufen einen erwarten. Doch bei mir zu Hause bewegen sich meine Füße wie von allein: Die Treppe zu unserer Wohnung nehme ich schon, seit ich laufen kann, ich könnte sie sogar mit geschlossenen Augen hochgehen – oder im Dunkeln! Noch so etwas, das auf meine neue Liste gehört, denke ich gerade, als über mir auf einmal eine laute Stimme schreit:

»Achtung, Kleine, Platz da!«

Gerade noch rechtzeitig drücke ich mich gegen das Geländer, bevor mich eine sprechende Kommode niederwalzen kann. Eine Kommode auf zwei Beinen, die aus unserer Wohnung kommt.

»Wo … wo willst du hin?«

Mit einem Ächzen setzt sich die Kommode auf die Stufen, sodass ich zwischen ihr und dem Geländer gefangen bin, und dahinter taucht der Kopf eines Mannes auf. Er steht so dicht vor mir, dass ich rieche, wie verschwitzt er ist, und höre, wie er einen Zettel aus seiner Hosentasche zieht.

»Via Gramsci dreiundzwanzig. Da muss ich hin, Kleine.«

Mit einer Hand wischt er sich den Schweiß von der Stirn, hebt die Kommode wieder hoch und schleppt sie mit enormer Anstrengung weiter die Treppe hinunter.

Ich haste hoch in unsere Wohnung. Und stolpere über einen Karton direkt vor der Tür.

»Aber was ist …?«

»Pass auf, Mafalda, Schätzchen.«

Mama ist vor mir die Treppe hoch und kommt, ihre Umhängetasche noch über der Schulter, mit einem Topfdeckel aus der Küche.

»Mama, was ist hier los?!«

»Erinnerst du dich noch an die Wohnung, die wir dir neulich gezeigt haben? Wir müssen langsam anfangen, auszuräumen. Nächste Woche ziehen wir um.«

Aus unerfindlichen Gründen fangen meine Beine an zu zittern, weshalb ich meine Hand auf die Flurkommode mit dem Hochzeitsfoto von Mama und Papa lege – aber sie greift nur ins Leere. Statt der Kommode ist da nichts als Luft und graues Licht. Sie war es also, die mir da eben auf der Treppe entgegengekommen ist.

Alarmstufe rot, meine Brille beschlägt. Wortlos mache ich mich auf den Weg in mein Zimmer, während ich mich frage, ob sie das Foto sicher in einer Schachtel verstaut haben, denn ich hänge sehr daran, auch wenn ich Braut und Bräutigam nicht mehr erkennen kann. Im Flur stapeln sich jede Menge Kartons. Ich muss aufpassen, nicht dagegenzulaufen, denn sie haben eine Farbe, die man schlecht sieht. Eine echt hässliche Farbe, wie recyceltes Toilettenpapier.

Mamas Schritte folgen mir. Kurz vor meiner Tür drehe ich mich zu ihr um – und starre auf eine Wolke, von der ich für einen Moment nicht mal mehr weiß, ob sie wirklich meine Mutter ist.

»Mama, kann ich allein in mein Zimmer gehen?«

»Na gut. Aber pass auf, wo du hintrittst. Ich hol dich, wenn die Spaghetti fertig sind.«

Ich bleibe in der Tür stehen. Drinnen ist es dunkel. Ich strecke die Hand aus, um Licht zu machen, und schließe gleichzeitig die Augen. Ich mache einen Schritt, dann noch einen und noch einen, so lange, bis ich mich mit Sicherheit in der Mitte des Zimmers befinde. Langsam drehe ich mich dort um die eigene Achse. Da weiß ich Bescheid – weiß, dass alles noch an seinem Platz ist. Ich spüre es mit jedem Zentimeter Haut, während ich mich bewege, meine Möbel stehen noch an Ort und Stelle, meine Sachen sind noch da, wo sie sein sollen. Mein Zimmer räumen sie wahrscheinlich als letztes aus.

Ich gehe zu meinem Schrank, meine Hand streicht darüber, helles Holz, wie ich weiß. Noch zwei Schritte, und ich bin am Schreibtisch. Dort streifen meine Finger den Spitzer, den ich in der Schule nicht finden konnte … Ah, und da ist auch die lockere Fußbodenfliese. Wenn ich darauftrete, macht die Deckenlampe links über mir ganz leise »Pling!«. Von dieser Stelle aus habe ich mich das letzte Mal im Spiegel betrachtet. Ich öffne die Augen, und dort, wo der Spiegel war, sehe ich – nichts.

Ich blinzele. Trete näher. Ein Schritt. Dann noch einer. Und noch einer. Wahrscheinlich haben sie den Spiegel schon mitgenommen, einfach so – mit irgendwas muss man ja anfangen. Trotzdem strecke ich meine Hand aus. Nur um mich zu vergewissern, dass er wirklich weg ist. Da höre ich plötzlich einen lauten Knall, und vor mir zerspringt etwas in tausend Stücke. Er war hier, er war genau hier und jetzt … jetzt habe ich mich geschnitten. Das Blut riecht wie der große rostige Schlüssel zum Schultor.

»Mafalda, was ist passiert?!«

Mama kommt schreiend aus der Küche gelaufen, und als sie das kaputte Spiegelglas und meine blutende Hand sieht, schreit sie noch mehr.

»Bleib, wo du bist, ich hol den Verbandskasten!«

Ich höre, wie sie ins Bad stürmt und in den Schränken wühlt, in denen, die noch da sind. Ich habe den Spiegel kaputtgemacht. Meine Hand ist dagegengestoßen, er ist runtergefallen und in tausend Scherben zersprungen.

Okay, Mafalda, wir sind also bei null Schritten bis zum Spiegel angelangt. Heute ist Mittwoch. Dienstag ziehen wir in die neue Wohnung. Besser gesagt, meine Eltern ziehen dahin. Denn ich werde spätestens in fünf Tagen in meinen Kirschbaum ziehen und nie wieder herunterkommen.

Am nächsten Morgen werde ich von Stimmen geweckt. Irgendjemand redet in der Küche mit Mama und weint dabei. Es ist früh am Morgen, und mein Nebel ist zu dieser Zeit noch hell, das muss ich ausnutzen, denn ich bin neugierig, wer uns um diese Tageszeit besuchen kommt.

Ich schlüpfe in meine Hausschuhe – falls noch irgendwo Spiegelsplitter herumliegen – und mache mich auf den Weg in die Küche, vorbei an all den gestapelten Kartons im Flur.

»Oh, guten Morgen, Mafalda. Ich wollte dich nicht wecken!«

Ravinas Stimme. Und die tiefschwarze Wolke ihrer langen seidigen Haare. Was macht sie hier?

Mama lässt mich am Tisch Platz nehmen und schiebt mir eine Tasse Tee mit Keksen hin.

»Ravina ist gekommen, um sich zu verabschieden. Sie geht nach Indien zurück.«

Fast wäre mir der Keks in den Tee gefallen, und das hätte eine ziemliche Sauerei gegeben. Ich schiebe meine Brille zurück auf die Nasenwurzel und starre Ravina mit offenem Mund an.

»Warum? Und wann kommst du wieder?«

Ravinas Augen sind ganz dunkel – so, wie wenn Mama vergisst, sich abzuschminken und am nächsten Morgen aussieht wie der Panda, den ich vor Jahren mal im Zoo gesehen habe. Ich bin mir ziemlich sicher, dass das passiert, wenn erwachsene Frauen weinen.

»Andrea und ich haben uns getrennt. Deshalb gehe ich zurück. Ich werde zu meinen Großeltern ziehen, um ihnen im Haushalt zu helfen; so bin ich nicht ganz allein.«

Krack! Der Keks bricht mitten entzwei und fällt nun doch in den Tee. Ein paar Tropfen landen auf dem Tisch.

»Warum? Warum habt ihr euch getrennt?!«

»Mafalda! Vielleicht will Ravina nicht darüber reden.«

Ravina tätschelt meinen Arm, während sie meine Mutter beruhigt, dass sie vor allem meinetwegen gekommen ist. Mama ermahnt mich, sie nicht zu sehr zu nerven, und beginnt dann, das Geschirr von gestern Abend zu spülen. Ich habe mich noch immer nicht daran gewöhnt; ich denke immer noch, dass sie gleich zur Arbeit muss, doch seit meinem Geburtstag ist sie zu Hause und lässt mich kaum noch aus den Augen.

Ravina erklärt mir nun, dass es ihre Entscheidung war, Andrea zu verlassen. Weil er ihr nie gesagt hat, dass er sie lieb hat. Ich bin mir nicht sicher, ob ich sie richtig verstanden habe. Soweit ich weiß, sagt man »Ich hab dich lieb« zu seinen Eltern, Verwandten, Freunden und vielleicht auch noch Haustieren. Aber wenn man verliebt ist, sagt man eigentlich »Ich liebe dich« – außer natürlich in Amerika und überall da, wo noch Englisch gesprochen wird. Da sagt man »*I love you*«. Das hat mir die Englischlehrerin erklärt.

»Du hast recht, Mafalda. Aber er hat auch nie ›Ich liebe dich‹ zu mir gesagt.«

»Nicht mal auf Englisch?«

»Nicht mal auf Englisch. Ich hingegen habe ihm mindestens tausendmal erklärt, dass ich ihn liebe.«

Oh Gott! Ravina hat tausend Mal »Ich liebe dich« gesagt! Ich muss sie unbedingt warnen.

»Du weißt, dass du jetzt tausend Kinder von Andrea kriegen wirst, oder?«

Mama dreht sich schockiert zu uns um.

»Was ist denn das für ’ne seltsame Geschichte, Mafalda?!«

»Nichts, es ist nur so, dass derjenige, der zum anderen sagt, dass er ihn liebt, anschließend ein Baby bekommt.«

»Wer hat denn so einen Unsinn verzapft?«

»Niemand.«

Ich will die Schuld nicht auf Estella schieben, denn so, wie Mama sich anhört, habe ich was bei dem Kinderthema nicht richtig verstanden. Mit einem traurigen Lächeln erklärt mir Ravina, dass Kinderkriegen deutlich komplizierter ist. Ein »Ich liebe dich« reicht da nicht. Und wenn jemand verliebt ist und nicht »Ich liebe dich«

sagt, bekommt er nicht nur keine Kinder, sondern verliert auch den anderen, so, wie es Andrea und ihr passiert ist. Für eine genaue Erklärung bleibt dann allerdings keine Zeit, weil ich mich für die Schule fertig machen muss.

Während Papa mir an der Wohnungstür den Rucksack aufsetzt, kommt Ravina noch mal aus der Küche, wo Mama einen weiteren Kaffee für sie kocht. Sie riecht wie immer nach diesem weißen Rauch in der Kirche, aber heute auch ein bisschen nach Meerwasser und Strand. Soweit ich das beurteilen kann, hat nämlich jeder seinen ganz eigenen Geruch, wenn er weint. Und Ravinas Geruch ist eindeutig Meerwasser und Strand.

Sie drückt mich ganz fest an sich, nimmt dann mein Gesicht in ihre Hände und schaut mir so tief in die Augen, dass ich ihre richtig gut sehen kann. Sie sind nicht schwarz. Sie sind dunkelbraun.

»Gib niemals auf, Mafalda, vergiss das nie.«

»Okay. Ich gebe nicht auf.«

»Du bist ein ganz tapferer Frosch.«

Sie folgt mir noch hinaus ins Treppenhaus. Meine Brille beschlägt, als ich mich von ihr verabschiede. Denn es ist das letzte Mal, dass ich sie vor ihrer Abreise nach Indien sehe. Wahrscheinlich kommt sie nie mehr zurück. Und selbst wenn … werde ich längst oben im Wipfel meines Kirschbaums leben, weil es dunkel um mich herum geworden ist.

21

»Mafalda, hast du die vielen Blüten im Kirschbaum gesehen?«

Ich bin auf dem Weg zur Schule, fest an Papas Hand. Ich schaue in Richtung Kirschbaum und tue kurz so, als würde ich über die Schönheit dieser Blüten meditieren (was so viel bedeutet wie ganz fest dran denken, wie Ravina mir mal erklärt hat, die supergut meditieren kann), doch in Wahrheit sind wir noch viel zu weit weg. Manchmal sagt Papa immer noch Sachen wie »Hast du gesehen?« oder »Schau mal da!« zu mir, was mich dann traurig macht, weil er sich immer so freut, mir neue Dinge zeigen zu können, und deshalb sage ich nie was darauf. Nach einer Weile merkt er dann, was er gesagt hat, und wird ebenfalls traurig. Weil ich fürchte, dass er mich sogar um Entschuldigung bitten will, sage ich in solchen Momenten immer schnell: »Warte, bis wir noch ein bisschen näher dran sind«, und wenn ich es auch sehe, sind wir beide wieder glücklich. Bis vor Kurzem hat das auch noch funktioniert, aber jetzt sehe ich fast nichts mehr von dem, was mir Papa zeigen will – nicht mal, wenn wir schon beinahe davorstehen.

Heute müssen in meinem Kirschbaum also die ersten Blüten aufgegangen sein. Ich versuche, es so zu machen, wie Ravina mir geraten hat: Ich schließe die Augen und atme tief ein. Zuerst spüre ich die Kälte in den Nasenlöchern, doch dann rieche ich ihn: den Duft des Frühlings. Für mich riecht er nach Omas Rhabarberbonbons und nach Blumen, aber nicht nach denen vom Floristen, die allesamt nach Friedhof riechen, sondern nach echten, die auf den Feldern wachsen. Und in den Vorgärten der netten alten Damen, an denen Papa und ich gerade vorbeigehen.

Ein paar Schritte weiter wird es Zeit zu zählen, auch wenn ich mir nicht sicher bin, schon so was wie blütenbesetzte Zweige zu erkennen. Da, wo die Schule sein muss, sehe ich jedoch eine dunkelgraue Wolke, und gleich daneben wartet ja mein Baum.

Ich weiß noch genau, wie Kirschblüten im Frühling aussehen: wie kleine Schneekügelchen. Oder wie viele weiße Schmetterlinge, die sich nach ihrem Winterurlaub auf dem Kopf des Riesen zusammendrängen. Und darum beginne ich jetzt auch zu zählen: eins, zwei, drei … je näher ich der Schule komme, desto stärker wird der Frühlingsbonbonduft … achtzehn, neunzehn, zwanzig … der Lufthauch, der über mein Gesicht streicht, fühlt sich an wie der blaue Seidenschal einer zierlichen, lächelnden Frau … vierunddreißig, fünfunddreißig … eine Strähne kitzelt mich an der Nase, aber ich streiche sie nicht zurück, weil ich eifrig weiterzähle … fünfzig, einundfünfzig, zweiundfünfzig – meine Hände berühren seine Rinde.

Sechsundzwanzig Meter sind es also noch. Sechsundzwanzig Meter von der Stelle, wo ich ihn erkenne. Nur:

Was, wenn das womöglich doch geschummelt war, weil ich die Schneekügelchen und den Baum nicht wirklich gesehen habe, sondern sie bloß eine Erinnerung aus früheren Jahren sind?

Bei unserem Gespräch vorhin in der Küche hat Ravina gesagt, dass man sich nichts vormachen darf. Ich weiß zwar nicht, was genau sie damit meint, aber ich glaube, es hat was mit der Wahrheit zu tun. Damit, dass man niemanden belügen soll, nicht mal sich selbst. Ich schaue zu Boden, um bis zum Klingeln weiter darüber nachzudenken, da lässt mich ein Pfiff den Kopf in Richtung Schultreppe heben. Er hört sich an wie Estellas Geheimsignal, bloß viel schwächer und kürzer.

Ich lasse Papas Hand los und laufe auf die Treppe zu.

»Estella! Du bist wieder da!«

»Ja …«

Die Schultreppe hinaufzulaufen ist für mich eigentlich so selbstverständlich wie die von zu Hause. Aber heute schießt mir plötzlich durch den Kopf, dass ich sie ganz allein hochsteige, ohne Papas oder Estellas Hand, und dabei vergesse ich, wie viele Stufen ich schon hinter mir habe. Es sind insgesamt siebzehn, und normalerweise nehme ich immer zwei auf einmal, bis auf die erste, denn sonst bleibt am Schluss eine übrig, und das bringt mich aus dem Rhythmus. Normalerweise habe ich keine Angst vor der Schultreppe: Nicht einmal, wenn ich meine Brille in Mamas Auto vergessen habe wie damals, als sie sie mir noch zur zweiten Stunde gebracht hat. Doch heute habe ich Angst. Obwohl ich weiß, wie groß der Schritt sein muss, der mich zwei Stufen höher bringt, habe ich auf einmal das Gefühl, als würde sich mein Fuß an nichts mehr erinnern und als wären keine Stufen mehr vor mir, sondern nur noch ein See voller Lava mit Krokodilen, die mich gleich fressen.

Ich beiße die Zähne zusammen, hebe den Fuß und wanke prompt, verliere das Gleichgewicht. Eine scheußliche Sekunde lang warte ich darauf, in den Nebel zu stürzen – doch ich falle nicht. Estellas kräftige Hände haben mich blitzschnell an beiden Armen gepackt und ziehen mich hinauf zur obersten Stufe, wo ich gegen sie pralle und mein Gesicht sich in ihren nach Estella duftenden Hausmeisterkittel vergräbt.

Mama umarmt mich ständig, und auch Oma hat mich jedes Mal in den Arm genommen, selbst wenn ihr Arme und Beine wehtaten. Doch heute ist es das erste Mal, dass Estella mich an ihre Brust drückt, und es fühlt sich ganz anders an. Mamas Umarmungen sind vorne weich wie bei einem Kissen, und auch Omas waren so: als hätte sie Hefeteig vor ihrem Herzen. Estella hingegen ist nur teilweise so, denn dort, wo ihr Herz ist, macht es zwar laut »Bumm Bumm Bumm« – aber der Hefeteig fehlt! Schon hebe ich den Kopf, um sie zu fragen, wo er abgeblieben ist, da hören wir hinter uns Papas besorgte Stimme, der wissen will, ob ich mir wehgetan habe. Estella löst sich von mir und dreht mich zu ihm um, damit er sieht, dass wirklich nichts passiert ist.

Mit ihrer Hand auf meiner Schulter betreten wir danach die Schule. Anders als sonst kriege ich kein Wort heraus, so perplex bin ich wegen des fehlenden Teigs. Mein drittes Auge gibt mir auch den guten Rat, zumindest bis zur Pause damit zu warten, sodass ich Estella erst in der Tür zu meinem Klassenzimmer frage, ob ich nachher zu ihr kommen kann.

Statt einer Antwort streicht sie mir nur über den Kopf. So sanft, als wäre sie die zierliche, lächelnde Frau mit dem blauen Seidenschal und nicht Estella, die Königin der Amazonen.

»Was war das heute Morgen auf der Treppe?«

»Was machst du da?«

In der Hausmeisterloge herrscht fast so ein Chaos wie bei uns zu Hause. Unzählige Staubteilchen schwirren in dem Licht, das durch das kleine Pausenhoffenster hereindringt, und überall, wo ich hinfasse, ertaste ich etwas, das dort normalerweise nicht steht. Sogar mit den Schuhen stoße ich gegen etwas. Bücher vielleicht?

Estella wischt mir mit einem Lappen über die Nase, der nach Fensterreiniger riecht, den gleichen, den meine Mama benutzt.

»Du bist echt eine kleine Prinzessin. Wenn du was wissen willst, überhörst du geflissentlich, was man dich fragt.«

»Hm, entschuldige … aber sag, was machst du da?«

Seufzend faltet Estella den Lappen zusammen und drückt mich auf ihren Bürostuhl, worauf ich mich gleich mal wieder zu drehen beginne.

»Ich putze, meine Liebe. Hin und wieder muss das einfach sein.«

»Ich weiß. Ich müsste auch schon lange mal mein Zimmer putzen. Aber ich habe leider, leider eine Putzphobie.«

Estella grinst, das höre ich an ihrer Stimme.

»Was soll das sein, eine Putzphobie?«

Meine Hände greifen nach der Schreibtischkante, um den Drehstuhl zum Stoppen zu bringen.

»Keine Ahnung. Das hab ich mal in einer Zeitschrift gelesen. Ich glaube, das ist so eine Blockade, die man kriegt, wenn man was absolut nicht machen will.«

»Ah, verstehe. Ja, das kann vorkommen.«

Da fällt mir ein, dass vielleicht gerade ein verschwitzter Mann mein ungeputztes Zimmer betritt und meinen Schrank, den Schreibtisch und mein Bett mitnimmt, unter dem ich Omas Decke mit all den Sachen für den Baum gelassen habe. Wäre ich erwachsen, würde ich Mama und Papa sagen, dass der Umzug keine Katastrophe ist – und damit natürlich genau das Gegenteil meinen.

»Estella …«

Die Königin der Amazonen nimmt auf dem Hocker Platz, auf dem sonst ich immer sitze.

»Was denn?«

»Hast du eigentlich jemals Angst?«

Ich höre, wie sie die Hände in die Seiten stemmt, genauso, wie Filippo das tut.

»Natürlich habe ich manchmal Angst. Das ist ganz normal.«

»Und was machst du dann?«

»Ich denke nach. Und suche nach einer Lösung. Und wenn mir das nicht gelingt, stelle ich mir was Schönes oder Lustiges vor, das mich glücklich macht und die Angst verjagt.«

»Aber was, wenn du ganz, ganz brutal viel Angst hast?«

»Mafalda, Angst muss nicht immer was Schlechtes sein, weißt du.«

»Wieso?«

»Es gibt Zeiten, da passieren nun mal Dinge, die einem wirklich eine Riesenangst einjagen …«

»Wie ein Umzug zum Beispiel?«, rufe ich dazwischen. »Oder dass es dunkel um einen herum wird?«

»Ja genau, wie ein Umzug oder wie wenn man erfährt, dass man bald nichts mehr sieht. In solchen Momenten zwingt einen die Angst, innezuhalten und gründlich nachzudenken. Und nur so wird man groß und stark.«

»Wie, man kriegt von der Angst Muckis?«

Estella lächelt, aber sie wirkt müde. Schon heute Morgen roch sie nach diesem ganz besonderen Duft von Decken und Kissen und nach Winterkirschen, nur ist es mir da noch nicht so aufgefallen.

»Nein, Mafalda. Mit stark meine ich keine Muckis, sondern, dass sie einem Mut verleiht. Stark macht im Geist. Die Angst hilft einem mit der Zeit, die Dinge klarer zu sehen.«

»Die Angst hilft mir, besser zu sehen?!«

Das ist interessant. Ich höre, wie Estella aufsteht und zwei, drei Schritte bis in die Zimmermitte macht.

»Komm«, sagt sie.

Ich stoße mich ab und rolle mit dem Drehstuhl zu ihr.

»Steh auf.«

Ich gehorche, wenn auch mit ein bisschen Angst, denn in Estellas Stimme ist kein Lächeln mehr zu hören.

»Und jetzt?«

Da legt sie mir die Hände auf die Schultern und zieht mich an sich, schließt mich ganz fest in ihre Arme. Und ich, ich drücke sie ebenfalls fest, ich tue es so selbstverständlich, wie ich zu Hause die Treppe hochlaufe. Mein Gesicht versinkt in ihrem Kittel, und ich höre das gleiche laute »Bumm Bumm Bumm« wie am Morgen, dort, wo eigentlich das weiche Kissen sein müsste, das den Ton dieses Herzens dämpft.

Ich schaue zu Estella hoch. Fast ihr gesamtes Gesicht wird von einer grauen Wolke verdeckt, aber ihre pechschwarzen Haare und ihre Lippen kann ich noch erkennen, sie hat nur heute Morgen den Lippenstift vergessen.

»Weißt du, warum das so ist?«

Ich weiß nicht recht, was ich sagen soll. Aus irgendeinem Grund habe ich Angst, sie zu verletzen oder wütend zu machen.

»Warum was so ist?«, stottere ich.

Sie schnaubt, nimmt meine Hand und drückt sie auf ihren Kittel, auf die Höhe der Brusttasche. Ich will sie sofort zurückziehen, aber Estella hält sie fest.

»Was spürst du?«

»Ni-nichts.«

»Das stimmt nicht. Also, was spürst du?«

Ich spüre, dass ich nervös bin und rot anlaufe, dass mein Herz so laut schlägt wie die Bongos meines Cousins und … ihr Herz. Ich beruhige mich und höre mit meiner Hand noch besser hin. Auch Estellas Herz hört sich an wie ein paar Bongos. Genau wie meins.

»Was spürst du?«

Ich schaue zu ihr auf. Und lächele.

»Dein Herz.«

»Siehst du? Du hast erst Angst gehabt, aber nachdem du innegehalten hast, hat dein Geist sie bewältigt. Die Angst liegt nie in den Dingen selbst, sondern darin, wie man sie betrachtet. Und so schlimm ist das, was du spürst, jetzt auch wieder nicht, oder?«

»Nein ... Aber wo ist die andere Hälfte vom Hefeteig?«

Estella lässt meine Hand los. Sie antwortet nicht, vielleicht hat sie mich nicht verstanden. Ich zeige auf ihr Herz.

»Der weiche Teig, der eigentlich hier drüber sein müsste.«

»Ach so, ja, die andere Hälfte ... Die hat meine Freundin mitgenommen.«

»Die, wegen der du im Krankenhaus warst?«

»Ja, genau die.«

»Ganz schön unverschämt.«

»Ja, das war nicht sehr nett von ihr. Aber ich habe in letzter Zeit viel drüber nachgedacht und weiß jetzt, was ich mache, wenn sie wieder was von mir will.«

»Du hast einen Plan?«

Wieder lächelt sie.

»Sozusagen. Und du? Hast du einen Plan?«

Da winke ich sie zu mir herunter, damit ich meine Hände um ihr Ohr legen und es ihr zuflüstern kann:

»Ich werde in den Kirschbaum auf dem Schulhof ziehen. So wie Cosimo.«

Estella denkt einen Moment nach und zuckt dann mit den Schultern.

»Ein ausgezeichneter Plan, wie ich finde. Gib mir Bescheid, wenn es so weit ist, damit ich dir beim Umzug helfen kann.«

Damit schickt sie mich aus ihrer Hausmeisterloge, weil sie zum Pausenende läuten muss.

Draußen, mitten in dem Durcheinander aus rennenden, schreienden und mit Fruchtsaft blubbernden Kindern, fällt mir die Geschichte von den Amazonen und ihrem Mut wieder ein, von der abgeschnittenen Brust, damit man den Bogen besser halten kann. Ich drehe mich zum Fenster der Hausmeisterloge und glaube, zwischen den Ritzen der heruntergelassenen Jalousien ihre furchterregenden Augen zu erkennen, die mich anschauen und mir zulächeln. Nur dass sie gar nicht furchterregend sind, sondern einfach nur schwarz und wunderschön. Im nächsten Augenblick werden sie dann leider von meinem Nebel verdeckt – vielleicht hat Estella aber auch nur die Jalousien ganz zugemacht, damit niemand merkt, dass sie eine echte Amazone ist.

22

Kinder fürchten sich für gewöhnlich vor dem Dunkel. Und ich bin da keine Ausnahme. Nur ist die Dunkelheit für mich eine Augenbinde, die man zum Spaß aufgesetzt hat, dann aber nicht mehr abnehmen kann.

Ich öffne die Augen. Ich blinzele mit den Lidern. Wieder und wieder. Denn dort, wo das Fenster mit dem Mond und dem Polarstern und tagsüber die Sonne sein müsste, sehe ich nichts. Einfach nichts. Mein ganzes Zimmer ist grau. Meine Hand ist grau, wenn ich sie auf der Bettdecke bewege. Die Dunkelheit ist dunkelgrau. Was für mich noch viel schlimmer ist als schwarz.

Ottimo Turcarets Fell ist grau. Vielleicht kann ich ja noch sehen, was schon vor der Dunkelheit grau war? Aber wo ist er? Ich kann seine Wärme nicht auf meinen Füßen spüren. Ich taste nach meinen Hausschuhen am Fußende des Bettes, aber auch dort liegt er nicht.

»Mama!!!«

Atme, Mafalda, vergiss jetzt bloß nicht zu atmen. Aus der Küche duftet es nach Kaffee und Krapfen. Papa hat sie wahrscheinlich im Supermarkt gekauft, da unsere Wohnung wegen des Umzugs so gut wie leer ist.

»Was ist denn, Mafalda? Es ist noch viel zu früh zum

Aufstehen. Bleib noch ein bisschen im Bett, ich rufe dich schon.«

»Wo ist Ottimo Turcaret?«

Ich höre Mamas nackte Füße, spüre den Luftzug, als sie an mir vorbei zum Schrank geht, höre das Rascheln von Kleidern, die sie in eine knisternde Plastiktüte packt. Sehen tue ich nichts.

Ein Schweißtropfen rinnt mir über die Stirn und die Wange zu meinem Ohr hinunter. Ich muss so tun, als ob nichts wäre, denn wenn Mama merkt, dass alles nur noch dunkelgrau ist, lässt sie mich keinen Schritt mehr allein machen, weder heute noch an irgendeinem der nächsten zwei Tage, und dann muss ich auf jeden Fall mit in die neue Wohnung, in der ich mich null auskenne und nicht weiß, wo was steht.

»Wo ist Ottimo Turcaret?«, hake ich nach.

»In einer Tierpension. Papa hat ihn gestern Abend hingebracht, als er eingeschlafen war. Du weißt ja, dass ihn so schnell nichts weckt!«, sagt Mama kichernd.

In eine Tierpension?! Was soll das heißen? Machen Katzen manchmal Urlaub? Aber nein, Katzen bleiben am liebsten daheim, das weiß ich. Vielleicht ist eine Tierpension ja so was wie ein Haus, in dem Leute wohnen, die niemanden mehr haben. Aber Ottimo Turcaret hat mich, warum haben sie ihn dann in eine Pension gebracht?

»Wieso ist er nicht bei Onkel und Tante?«

»Ach, weißt du, jetzt, wo Andrea und Ravina sich gerade getrennt haben, haben sie keine große Lust, sich um den Kater zu kümmern. Das verstehst du doch, nicht wahr?«

Nein, das verstehe ich ganz und gar nicht. Ich will auch nicht mehr mit Mama reden. Und da ich sie nicht sehe, kann ich auch gleich so tun, als wäre sie gar nicht da. Ich krieche unter meine Decke und versuche, stumm zu weinen, nur mit dem Körper, so wie Filippo, und nicht mit der Stimme, während Mama weiter Kleider von mir in Taschen packt und mein Bett bei jedem ihrer Schritte vibriert.

Filippo. Ich muss dringend mit ihm reden. Ich kann nicht länger warten, weil die Dunkelheit nun da ist und ich mich darum heute in den Kirschbaum retten muss, damit die Monster mich nicht schnappen und verschlingen. Aber vorher möchte ich Filippo noch sagen, dass wir Freunde bleiben und eine Band gründen werden, weil ich auch oben im Baum singen kann. Und wenn ich mutig genug bin, sage ich vielleicht auch noch »Ich liebe dich«, damit er mich nie verlässt.

Gut, mein Entschluss steht fest. Sobald es im Zimmer still geworden ist, setze ich mich auf die Bettkante. Die Füße auf die Hausschuhe gestellt, komme ich mir auf einmal vor wie am obersten Punkt der Achterbahn, kurz bevor es bergab geht, man die Arme in die Luft reckt und die Augen schließt. Nur dass es mit mir nicht bergab geht. Nein, niemals!

Mich schwindelt, doch ich werde mich wohl oder übel an diese Situation gewöhnen müssen. Ich atme ein paarmal tief ein und will automatisch nach meiner Brille greifen, als meine Hand mitten in der Bewegung stoppt, denn wozu brauche ich jetzt noch eine Brille? Da ich Mama und Papa jedoch weismachen muss, dass alles in Ordnung ist, setze ich sie besser auf. Ich strecke die Hand nach dem Regalbrett aus, auf das ich sie abends lege, stoße aber dagegen und fege sie so zu Boden. Ich lausche kurz, doch von der Küche her höre ich keinerlei Fragen, ich höre nur Löffel, die gegen Kaffeetassen schlagen, und Papa, der gähnt wie ein Nilpferd. Also alles in Ordnung.

Eine Weile taste ich suchend auf dem Boden herum, finde die Brille und setze sie auf, ohne groß darüber nachzudenken, wo mein Gesicht ist. Okay, das ist jetzt wichtig: Im Dunkeln muss man die Dinge einfach tun und nicht groß darüber nachdenken. Aber ich habe Angst, und Estella hat gesagt, dass man dann innehalten und gründlich nachdenken soll. Diese Methode scheint nichts für mich zu sein. Wie war die andere gleich noch? Ach ja: Man soll an etwas Schönes denken. Also denke ich an meinen Kirschbaum.

Ich ziehe Omas Decke mit meinen geliehenen Sachen unterm Bett hervor, die rosa Lunchbox von Albertino, Chiaras Zweipersonenmatratze, den MP3-Player, Unterwäsche und Socken, weil Mama immer sagt: »Stell dir vor, dir passiert was und du kommst ins Krankenhaus – wie sieht das dann aus mit schmutziger Unterwäsche und schmutzigen Socken?« Meine Lupe hat immer noch Kevin, ich muss also ohne auskommen, und sein Regenponcho fehlt natürlich auch. Stattdessen werde ich dann wohl den Knirps mitnehmen, der im Garten in Mamas Fahrradkorb liegt. Ich ertaste kurz meine Sachen, um zu kontrollieren, ob noch alles da ist, knote die Decke wieder mit allen vier Zipfeln zu einem Bündel und stopfe sie in den Rucksack, was ziemlich schwer ist. Darauf packe ich noch das Federmäppchen und ein Buch, die auf einem Stuhl neben dem Bett liegen, weil mein Schreibtisch bereits in der neuen Wohnung ist. Ich schließe den Rucksack und hoffe, dass er genauso aussieht wie immer statt so, als wollte ich von zu Hause weglaufen.

Bevor ich gehe, stecke ich noch mein Heft in die Seitentasche. Ich würde gern einen Blick auf meine Liste werfen – aber wie? Mist, warum habe ich bloß nicht daran gedacht: Ich hätte sie in Brailleschrift schreiben müssen. So kann ich nur die Seiten berühren, die Knicke im Papier spüren und mein Herz, das in den Fingerspitzen pocht. Zumindest weiß ich, dass noch zwei Dinge auf der Liste stehen – zwei Dinge, die ich noch nicht schwarz durchgestrichen habe. *»In den Kirschbaum auf dem Schulhof klettern.«* Und auf der zweiten Seite: *»Stark und mutig sein wie eine Amazone.«* Für Letzteres ist es vielleicht schon zu spät. Denn auf einmal fühle ich mich so müde, dass ich gar nicht mehr so stark sein will.

Ja, die Dunkelheit ist da, und alles, was ich noch will, ist, hinauf in den Kirschbaum fliehen. Wie viele Schritte ich dafür noch brauche, ist mir dabei völlig egal.

23

Am Donnerstag hat Estella gesagt, dass ich ihr Bescheid geben soll, wenn ich in den Kirschbaum ziehe, und ich denke, ich kann ihre Hilfe wirklich brauchen. Gleich werde ich ihren Pfiff hören, und alles wird gut, sie wird mir ein letztes Mal die Treppe hinaufhelfen, sodass Papa nichts merkt, sich mit mir für die Pause verabreden und mich, wenn die anderen ins Klassenzimmer zurückkehren, auf den Schulhof begleiten, wo ich mich von ihr verabschieden werde, in ihre zur Räuberleiter gefalteten Hände steigen und dann für alle Zeiten hoch in meinen Kirschbaum klettern werde.

Ich ziehe mich sorgfältig an, aber auch nicht zu sorgfältig, um nicht aufzufallen. Wie blöd, dass Mama mir ausgerechnet heute die Bluse rausgelegt hat. Mit den Knöpfen ist das im Dunkeln schwierig. Aber meinen Fingern gefallen sie, sie sind glatt und fest, gleiten rasch an Ort und Stelle – gut, einer vielleicht nicht, aber das muss reichen. Ich kann nur hoffen, dass Mama mich nicht kontrolliert. Leise vor sich hin summend, kommt sie jetzt in mein Zimmer, um mir die Rattenschwänze zu machen. Ich hab ihr noch nichts von dem Verweis erzählt, den Filippo und ich letzte Woche bekommen haben, aber das ist jetzt auch egal, in ein paar Stunden bin ich sowieso außer Gefahr.

Auf dem Schulweg atme ich mehrmals tief ein – so tief, dass mich Papa irgendwann fragt, ob alles mit mir okay ist.

Ich muss mich beruhigen. Papa darf mich auf keinen Fall weinen sehen, sonst merkt er, dass was nicht stimmt. Das ist nur ziemlich schwer, weil ich mich nicht von Ottimo Turcaret verabschiedet habe. Und ich keine Ahnung habe, wo diese Tierpension ist. Ich weiß nur, dass ich ihn nie wiedersehen werde, und deshalb füllen sich meine Augen mit Tränen.

Ich blinzele ein paarmal und hebe dann meine freie Hand, um auf den Kirschbaum zu zeigen, auch wenn ich nicht genau weiß, ob die Richtung stimmt. Aber das Risiko gehe ich ein.

»Der Riese und Oma haben die Zweige heute mit den schönsten Blüten geschmückt, nicht wahr, Papa?«

Es ist Frühling, wir haben die letzten Tage erst über seine Blüten geredet, außerdem trägt mir die Morgenluft den Duft nach Rhabarberbonbons zu: Es müsste klappen. Und tatsächlich stimmt Papa mir zu und drückt beglückt meine Hand.

Armer Papa, in seinem Lieblingsbuch zieht Cosimo wegen seines Vaters in die Bäume, zumindest hab ich das so verstanden. Cosimos Papa war aber auch wirklich sehr streng und hat ihn gezwungen, das ganze eklige Zeug zu essen, das Cosimos Schwester gekocht hat. Mein Papa ist dagegen ziemlich nett. Und obwohl er mich zwingt, Thunfisch zu essen, und beschlossen hat, mit uns in eine neue Wohnung zu ziehen, nehme ich mir fest vor, ihm von meinem Baum aus einen Brief zu schreiben und ihm darin alles zu erklären.

»Wir sind da«, sagt er nun – und ich schaffe es gerade noch, stehen zu bleiben, bevor ich gegen den Kirschbaum laufe. Warum hat Estella nicht gepfiffen?

»Deine Freundin scheint heute nicht da zu sein. Dann begleite eben ich dich ins Klassenzimmer«, sagt Papa und zieht mich auch schon zur Treppe.

»Nein, lass ruhig, ich gehe allein.«

Ich beginne, die Stufen zu erklimmen – mit wild klopfendem Herzen, genau dort, wo der kleine weiße Stern aufgedruckt ist. Denn unter der Bluse der Schuluniform trage ich Estellas T-Shirt.

»Bist du dir sicher?«

»Ja klar, tschüs«, rufe ich ihm zu, ohne mich umzudrehen, um mich ja nicht zu verzählen.

»Bis später, Mafalda.«

Von der Eingangstür aus folge ich den Stimmen meiner Mitschüler ins Klassenzimmer und taste mich mit einer Hand unauffällig an der Wand entlang, damit die Lehrer nichts merken. Zum Glück schreiben wir heute keine Schulaufgabe, so lässt Fernando mich sicher in Ruhe.

In der Pause weiß ich nicht, was ich machen soll. Mit meinem Brot in der Hand lehne ich an der Wand neben der Klassenzimmertür und frage mich, wo Estella wohl steckt – ausgerechnet heute, wo ich sie so dringend brauche. Zum Glück kommt der ältere Hausmeister vorbei. Ich erkenne ihn an seiner Stimme, er telefoniert mit einem Handy.

»Entschuldigen Sie bitte, wo ....«

Er verstummt, und ich höre, wie genervt er ist.

»Was willst du?«

»Wo ist Estella?«

»Was weiß denn ich! Die hat ständig was anderes, und ich muss ihre Arbeit übernehmen.«

»Ist sie krank?«

»Was geht dich das eigentlich an?«

»Sie ist meine Freundin. Ich bin Mafalda.«

Die Stimme des Hausmeisters bekommt auf einmal einen anderen Klang.

»Mafalda, hast du gesagt?«

»Ja.«

»Sie hat einen Brief für dich hiergelassen. Komm mit.«

Mit dem Handy am Ohr geht er in Richtung Eingangshalle, und ich folge seiner Stimme. Irgendjemand rempelt mich auf dem Weg dahin an, und kurz hoffe ich, dass es Filippo ist, aber wahrscheinlich muss er wieder nachsitzen. Das kommt durchaus vor, oft sogar.

»Hier! Und jetzt ab mit dir ins Klassenzimmer, es läutet gleich.«

Auf dem Heimweg umklammere ich fest Estellas Brief. Es ist ein Umschlag mit einem einzigen gefalteten Blatt, der Brief ist also nicht sehr lang. Was muss sie mir schreiben, das sie mir nicht persönlich sagen kann? Irgendjemand muss mir den Brief jedenfalls vorlesen, und zwar schnell, denn mein drittes Auge verkündet mir klar und deutlich, dass dieses Blatt weiß, wo Estella steckt und wie es ihr geht.

»Mama, könntest du mich nachher zu Filippo fahren?«

»Heute nicht, Mafalda, wir wollen gleich noch den Rest umziehen.«

Mit offenem Mund starre ich nach vorne. Normalerweise rutscht mir in solchen Situationen immer die Brille auf die Nasenspitze, doch vor lauter Aufregung muss ich nach dem Sport ganz vergessen haben, sie wieder aufzusetzen. Fernando hat mich ein paar doofe Tastsinn-Übungen machen lassen, während die anderen Hindernislauf geübt haben. Etwas Gutes hatte der Sportunterricht immerhin: Mein Rucksack ist halb leer, weil ich Omas Decke mit meinen Sachen in der Umkleidekabine der Sporthalle gelassen habe. Die Schule hat bis achtzehn Uhr geöffnet, für die, die Englisch, Schach oder Musik als Wahlfach haben. Mein Plan war, mit Filippo später kurz reinzuschlüpfen, mein Bündel zu holen und es schon mal hoch in den Baum zu bringen.

Nur dass heute alles schiefläuft.

»Aber wir haben doch noch einen ganzen Tag!«

»Bis wann?«, fragt Mama, und man hört, dass sie über meine heftige Reaktion staunt.

»Bis wir in die neue Wohnung ziehen. Du hast gesagt, dass wir am Dienstag umziehen.«

»Ich weiß, aber je früher, desto besser, meinst du nicht? Du kannst früher dein Zimmer einrichten, die Nachbarn kennenlernen und …«

Ich höre ihr nicht mehr zu. Wenn wir heute umziehen, bin ich erledigt. Mir bleibt jetzt also nichts anderes mehr übrig, als mich heimlich auf den Weg zu

Filippo zu machen, damit er mir den Brief vorliest und ich rausfinde, wo Estella steckt, und dann in den Kirschbaum zu klettern, bevor Mama und Papa merken, was passiert ist.

24

Auf der Treppe kommen uns nach Schweiß und Staub riechende Männer entgegen. Auch oben sind welche, und je länger sie miteinander herumblödeln, während sie irgendwelche Möbel und Kartons hochheben, desto klarer wird mir, dass die Wohnung nahezu leer ist. Ihre Stimmen hallen von den Wänden wider, und ihre schweren Stiefel lassen den Fußboden dermaßen vibrieren, dass ich mir am liebsten die Ohren zuhalten will.

Ich würde jetzt gern Filippo anrufen, damit er herkommt und mir Estellas Brief vorliest. Aber inmitten des dunkelgrauen Nebels scheint es ein Ding der Unmöglichkeit, Mamas Handtasche zu finden. Schließlich gebe ich entnervt auf und gehe in den Flur zu Mamas Stimme, die die verschwitzten Männer gerade bittet, auch noch ihr Fahrrad aus dem Garten einzuladen.

»Mama, liest du mir was vor?«

Mama fächelt sich mit irgendetwas Luft zu, das nach alter Zeitung riecht.

»Ich habe jetzt keine Zeit, Kind. Benutz doch deine Lupe.«

»Die habe ich aber in der Schule vergessen!«

Irgendwie muss sie etwas spüren. Sie streicht mir sanft ein paar Strähnen aus dem Gesicht und will wissen, ob alles okay ist. Mit einem gezwungenen Lächeln kehre ich ihr schnell den Rücken zu, damit sie mir die Rattenschwänze neu machen kann, denn ich habe Angst, dass sie mir in die Augen schaut und sieht, dass mein Licht ausgegangen ist. Was soll ich gleich wieder tun, wenn ich Angst habe? Ah ja, an was Schönes denken, hat Estella gesagt … An den Kirschbaum, ich denke an den Kirschbaum.

»Na komm, fünf Minuten hab ich. Was soll ich dir vorlesen?«

Ich strecke ihr Estellas Brief entgegen und spüre, wie sie ihn auseinandergefaltet auf meinen Kopf legt.

»Ui, das ist echt groß geschrieben. Mit dickem schwarzem Filzstift. Eigentlich müsstest du den auch ohne Lupe lesen können.«

»Bitte, bitte lies!«

»Na gut, aber halt still, damit mein Lesepult nicht wackelt. Also, hör zu: ›Liebe Mafalda, sicher erinnerst Du Dich noch an die unverschämte Freundin, von der ich Dir erzählt habe. Estella lügt nicht, sondern sagt immer die Wahrheit. Neulich habe ich Dir aber etwas verschwiegen. Darum sollst Du nun wissen, dass das keine Freundin war, die mir das Stück Hefeteig weggenommen hat, sondern eine sehr schlimme Krankheit. Und die ist nun zurückgekehrt. Deshalb bin ich im Krankenhaus. Und deshalb konnte ich nicht für Dich pfeifen …‹ Oh, Mafalda! Es tut mir so leid!«

Mamas Stimme klingt furchtbar traurig, während die vorgelesenen Wörter in meinem Kopf so wild durcheinanderwirbeln, dass ich nicht verstehe, was sie bedeuten.

Ich weiß nur, dass ich nicht noch mehr hören will, entreiße Mama darum mit brennenden Augen den Brief und laufe vor ihrer Stimme davon, die mir besorgt hinterherruft, wo ich hinwill.

»Raus in den Garten, ich muss jetzt allein sein!«, schreie ich zurück, finde mit schlafwandlerischer Sicherheit in mein Zimmer, wo ich mein Heft aus dem Schulrucksack zerre und die Seiten mit den Listen rausreiße. Dann sause ich, vorbei an Papas »Mach langsam, Mafalda!«, in halsbrecherischem Tempo die Treppe hinunter.

Erst am Zaun hinten im Garten bleibe ich völlig außer Atem stehen. Es ist total … scheiße, im Dunkeln zu rennen! Und obwohl ich mir geschworen habe, es nie wieder zu sagen, kann ich jetzt nicht anders: scheiße, scheiße, scheiße, scheiße, scheiße! Alles ist scheiße, die neue Wohnung, die Schule, meine Schulkameraden, Omas, weil sie sterben, Katzen, weil sie keine Kirschbäume runterklettern, Jungs, weil sie nicht »Ich liebe dich« sagen – und ich bin erst recht scheiße, weil alle anderen sehen können, bloß ich nicht.

»Hallo, Kleine, alles in Ordnung?«

Eine unbekannte Stimme von der anderen Straßenseite – die unsympathischen Nachbarn, die in Omas Haus wohnen!

»Warum haben Sie Omas Gardinen ausgetauscht?!«, brülle ich ins Grau hinein.

Selbst ganz geschockt über den schrillen Ton meiner Stimme, schmecke ich auf einmal salzige Tränen in den Mundwinkeln und merke, dass ich Rotz und Wasser heule. Mit dem Ärmel wische ich mir übers Gesicht und taste dann nach dem Tor im Zaun, stoße es auf, ziehe es hinter mir zu. Ich stehe jetzt genau dort, wo Filippo im Herbst mit dem Rad angehalten hat, um zum ersten Mal mit mir zu reden und Ottimo Turcaret zu kraulen. Eigentlich wohnt er gar nicht so weit weg. Wenn ich erst mal vor dem Laden seiner Mama stehe, kann ich laut nach ihm schreien, und dann wird er runterkommen und mich ins Krankenhaus begleiten. Denn ich muss Estella unbedingt etwas sagen. Ich muss ihr sagen, was wirklich wesentlich für mich ist, denn dann verlässt sie mich vielleicht nicht. Ja, ich bin mir sicher, wenn sie endlich weiß, was wesentlich für mich ist, bleibt sie an meiner Seite und hilft mir, in den Baum zu ziehen. Und dann wird sie mir auch noch erklären, warum Katzen nicht von Bäumen runterklettern können.

So schnell ich kann, gehe ich den Bürgersteig entlang, taste mich mit einer Hand an Häuserwänden und Gartentoren entlang. Autsch! Im dunklen Nebel tut ein eingezogener Splitter unterm Nagel ganz besonders weh, weil man nicht damit rechnet. Aber ich darf nicht wieder anfangen zu weinen, so verliere ich bloß kostbare Zeit. Ich muss dringend weiter. Doch halt, diese Hauswand habe ich schon mal berührt, das merke ich am Putz. Mist, ich muss im Kreis herumgelaufen sein, und das schon eine ganze Weile. Vom Ende der Straße her höre ich, wie sich ein Auto nähert, das sich genauso anhört wie Mamas. Auch wenn ich nicht weiß, ob es tatsächlich ihres ist, gehe ich in die Knie und tue so, als ob ich mir einen Schuh binde. Das Auto fährt vorbei, ohne anzuhalten. Ich atme auf.

Ein paar Gartentore weiter höre ich zu meiner Linken eine Haustür aufgehen und ein paar Frauen- und Männerstimmen, die sich lautstark begrüßen. Schritt für Schritt gehe ich weiter und versuche dabei, gelassen und selbstsicher zu wirken, obwohl ich keinen blassen Schimmer mehr habe, wo ich überhaupt bin. Nach einer gefühlten Ewigkeit nehme ich plötzlich rechts von mir eine Frauenstimme wahr, aber ich achte so sehr darauf, wo ich hintrete, dass ich einfach weitergehe.

»Warte, mein Kind! Wohin willst du so ganz allein?«

Ich bleibe stehen und blicke auf meine Schuhspitzen, um der Frau nicht ins Gesicht zu schauen. Sie darf auf keinen Fall merken, dass ich nicht mehr sehen kann.

»Nach Hause.«

»Um diese Uhrzeit, und das ohne Begleitung? Wie alt bist du?«

»Wie spät ist es denn?«

Ich höre ein Rascheln. Bestimmt schaut die Frau jetzt auf die Uhr.

»Sechs. Es wird schon dunkel.«

Oh nein, ich irre schon zwei Stunden lang durch die Gegend! Ich kaue auf meiner Unterlippe herum. Omas Decke aus der Umkleide zu holen kann ich jetzt vergessen, in die Schule komme ich nicht mehr rein. Aber das Wichtigste ist im Moment sowieso, Estella zu besuchen, um mein Bündel kümmere ich mich später.

»Wo wohnst du?«

Reflexartig will ich ihr sagen, dass sie mich in Ruhe lassen soll, dass sie eine Fremde ist und ich Fremden nicht sagen darf, wo ich wohne, doch dann überlege ich es mir anders.

»Ich wohne bei dem Laden, in dem man bedruckte T-Shirts kaufen kann ... also nicht ich, sondern meine Tante. Ich bin bei ihr zu Besuch. Können Sie mich vielleicht dorthin bringen? Ich glaube, ich habe mich verlaufen, und meine Tante ist bestimmt schon sauer, weil ich mich verspäte.«

Die Frau ist nicht wirklich überzeugt von meiner Erklärung.

»Und wie heißt deine Tante? Vielleicht kenne ich sie ja.«

»Cristina. Ihr gehört der Laden mit den T-Shirts. Können Sie mir helfen, dorthin zu finden? Meine Tante ist garantiert schon sauer, weil ich ...«

»Weil du zu spät kommst, ich hab's kapiert. Also los, gehen wir, es ist hier gleich um die Ecke. Du warst fast da.«

Die Frau nimmt mich an der Hand, und ich habe erst ein wenig Angst, dass sie mich entführt, aber schon nach wenigen Schritten sagt sie, dass wir da sind, und lässt mich los.

»Da drüben ist dein Laden. Aber geh bitte über den Zebrastreifen, verstanden?«

Ich höre Autos von links und rechts an mir vorbeisausen und dann ein »Klingeling!«, das ich gut kenne.

»Filippo!«

»Ist das dein Cousin?«, fragt die Frau neben mir.

Eifrig nicke ich. Ich bin total erleichtert.

»Hallo, Mafalda!«, höre ich Filippo jetzt auch noch

herüberrufen. Er muss gerade vom Klavierunterricht zurückgekommen sein.

Da die Frau sich nun sicher ist, dass ich bei meiner Tante angekommen bin, verabschiedet sie sich und geht davon, während ich, überglücklich, dass Filippo auf der anderen Straßenseite ist, ganz vergesse, auf die Geräusche und Luftschwingungen zu achten. Ich mache einen Schritt nach vorne, worauf ich nur seine Stimme höre, die »Mafalda, stoooopp!« schreit, dann ein Hupen und einen dumpfen Knall, als würde ein schwerer Umzugskarton herunterfallen.

Danach: Stille. Totenstille.

Kein Auto fährt mehr vorbei, und auch vom Bürgersteig ist nichts zu hören. Vielleicht ist die Welt stehen geblieben, einfach so. Auch ich bin wie gelähmt, ein Fuß auf der Straße und den anderen auf dem Bürgersteig, meine zerknüllten Listen fest in der Hand. Ich höre nicht mal mehr, wie mein Herz unter dem kleinen weißen Stern schlägt.

Dann ist der Lärm urplötzlich wieder da: Ich höre die Frau und andere Leute auf der Straße, aus ihren Autos und vermutlich von ihren Balkonen nach einem Krankenwagen schreien, eilige Schritte, Hupen, Rufe, Cristinas entsetzte Stimme. Alles geht wild durcheinander, und ich halte mir mit beiden Händen die Ohren zu, um nicht mitzubekommen, was mit Filippo ist. Dann laufe ich davon, so schnell es geht, knalle gegen ein großes stinkendes Ding, eine Mülltonne, falle mit vorgestreckten Händen auf den Bürgersteig, aber zum Glück achtet keiner auf mich, ich rappele mich wieder auf und haste weiter, fahre mit den Händen die Hauswände entlang, bis mir statt meiner Tränen irgendwann wie durch ein Wunder der Duft von Omas Rhabarberbonbons in die Nase steigt und meine Hände die eisernen Gitterstäbe eines großen Tors streifen, eines Tors, das wider Erwarten offen steht, und ich laufe hindurch, laufe zu meinem Baum und klettere ohne Lupe, ohne Mond und Polarstern, ohne Ottimo Turcaret, Estella und Filippo, klettere und klettere, bis ich ganz oben in seinem Wipfel bin.

DUNKELHEIT.

Inmitten meiner ewigen Nacht ist alles dunkelgrau und still wie in einer dicken Regenwolke. Die Monster, die mich verschlingen wollen, lauern unterm Kirschbaum. Ich habe eine Riesenangst zu fallen, bin aber auch müde, todmüde.

Ich beuge mich vor, schlinge beide Arme um den Ast, auf dem ich sitze, umklammere ihn mit aller Kraft und schmiege die nasse Wange daran, »hier bin ich, Oma, ich bin da, ich bin's, Mafalda«, murmele ich, während ich den Duft von weißen Blütenkügelchen und grünen Riesenhaaren einatme und mich der Schlaf übermannt …

Hier bin ich, Cosimo, ich hab's geschafft. Und weißt du was? Ich war mir eigentlich ganz sicher, dich hier mit Oma und dem Riesen vorzufinden. Doch jetzt habe ich zigmal gegen den Stamm geklopft, und noch immer ist keiner von euch erschienen. Ich hätte es wissen müssen: Du hast letztlich auch mutterseelenallein auf deinen

Bäumen gelebt. Und vielleicht war das gar nicht sooo toll. Aber warum hast du es dann getan? Und warum habe ich es dir nachgemacht? Die Äste sind hart und unbequem, es ist bitterkalt, und alles, was ich mitnehmen wollte, liegt noch in der Umkleidekabine.

Estella sagt immer, dass man an was Schönes denken soll, wenn man Angst hat oder traurig ist. Und darum konzentriere ich mich jetzt, wie Ravina mir das gezeigt hat, stelle mir vor, dass ich ganz tief in meinem Körper bin, konzentriere mich nur darauf …

25

»Mafalda!«

…

»Mafalda, aufwachen!«

Die hartnäckige Stimme unter mir und meine schmerzende Wange bringen mich irgendwann dazu, die Augen zu öffnen. Ich richte mich auf meinem Ast auf, lehne mich gegen den Stamm und ziehe zitternd die Knie an die Brust. Mir ist kalt. Und es ist nach wie vor alles grau um mich herum, so dunkelgrau, dass es mich schwindelt und ich fast das Gleichgewicht verliere. Ich muss an Filippo denken, und mir kommen wieder die Tränen. Ich wische sie mit dem Ärmel fort.

»Hey, schaust du jetzt endlich mal runter zu mir?«

Estella?

Das kann eigentlich gar nicht sein.

Aber ich sehe sie trotzdem, unten am Boden vor dem Baum, in ihrem Hausmeisterkittel, mit dem pinkfarbenen Lippenstift, die Hände in die Hüften gestemmt wie Filippo und die schwarzen Augen mit Kajal schwarz umrandet.

»Wie wär's mit einem Hallo?«

»Oh, hallo, entschuldige, Estella. Was machst du hier?

Ich dachte, du bist im Krankenhaus. Ich war auf dem Weg zu dir.«

Kopfschüttelnd geht sie zum Stamm und lehnt sich mit dem Rücken dagegen. Ich spüre es durch die Rinde bis ganz hinauf zu mir.

»Und hast deshalb deine Eltern in helle Aufregung versetzt. Sie suchen dich seit Stunden. Zum Glück hab ich dich jetzt gefunden.«

»Ja, das ist wirklich ein Glück.«

Wir schweigen eine Weile. Irgendwo über mir zirpt eine Grille. Ich liebe Grillen. Im Gegensatz zu Katzen wissen sie, wie man von Kirschbäumen runterkommt, selbst von ganz oben.

»Estella, weißt du, warum Katzen keine Kirschbäume runterklettern können?«

»Kirschbäume?«

»Ja, Kirschbäume. Weißt du das?«

»Meine Güte«, Estella seufzt, »du stellst aber auch Fragen …«

»Also, weißt du es, oder weißt du es nicht?«

Jetzt schwingt ein Lächeln in ihrer Stimme mit.

»Natürlich weiß ich das.«

»Warum also? Warum schaffen sie das nicht?«

»Ganz einfach, du Nervensäge: weil es nicht in ihrer Natur liegt. Also, zunächst mal: Katzen werden von Dingen angezogen, die sich bewegen. Und davon gibt es in Bäumen so einige.«

»Kirschen zum Beispiel?«

»Ja, womöglich Kirschen. Aber auch Vögel.«

»Und Schmetterlinge?«

»Ja, vielleicht auch Schmetterlinge.«

»Einmal oben, wissen sie dann aber nicht mehr, wie sie runterkommen sollen.«

»Genau. Weil ihre Krallen nämlich nach hinten gebogen sind. Damit kommen sie rauf, aber nicht wieder runter.«

»Warum springen sie dann nicht? Katzen können doch große Sprünge machen, Riesensprünge.«

»Stimmt, da hast du vollkommen recht. Es ist nur so, dass Katzen nicht mehr von Kirschbäumen runterkommen – weil sie Angst haben.«

»Wie, sie haben Angst?« Meine Beine rutschen links und rechts vom Ast, und ich beuge mich ein wenig zu ihr hinunter. »Angst wovor?«

»Na ja, Angst davor, runterzufallen und sich den Hals zu brechen.«

»Du meinst, sie haben Angst … zu sterben?«

»Ja.«

Erneutes Schweigen. Ich umklammere meinen Ast mit den Beinen, um über mir mit einer Hand einen Zweig voller Blüten zu schütteln. Dabei lösen sich einige und landen auf meiner Nase, andere streichen über meine Arme und trudeln sanft zu Boden. Fast unhörbar frage ich Estella irgendwann, ob auch sie Angst hat zu sterben.

Statt einer Antwort beginnt sie, am Stamm des Kirschbaums hochzuklettern, sodass es noch viel mehr Blüten schneit. Unweit meines Astes hält sie inne.

»Natürlich habe ich Angst davor, Mafalda. So, wie du auch Angst vor etwas hast, nicht wahr?«

Meine Hände spielen mit einer seidenweichen Blüte.

»Ja … Ich habe eine Heidenangst vor der Dunkelheit.«

»Es ist aber doch jetzt dunkel um dich rum, oder? Und so viel Angst scheinst du mir gar nicht zu haben, schließlich bist du ja hierherauf in den Kirschbaum geklettert.«

Ich schaue hinunter ins Grau. Ihr Gesicht ist so nah, dass ich es fast sehen kann, aber nur fast.

»Woher weißt du, dass es schon dunkel um mich herum ist?«

»Na ja, ich habe ein drittes Auge, so wie du.«

»Wirst du es meinen Eltern sagen?«

»Das merken die von ganz allein. Sie haben nämlich auch ein drittes Auge, weißt du? Alle Mamas und Papas haben das.«

Ich ziehe erneut die Knie an die Brust.

»Egal. Ich gehe hier sowieso nicht mehr runter.«

Estella klopft mit ihrer flachen Hand gegen den Stamm.

»Hört sich nach einem guten Plan an. Hier hast du die Blüten, den Riesen, deine Oma … Hast du schon mit ihr gesprochen?«

»Nein, aber …«

»Sie hat dir nicht geantwortet, stimmt's?«

»Sie wird schlafen. Es ist schließlich Nacht.«

»Omas haben einen leichten Schlaf, Mafalda.«

Rasch wende ich den Kopf ab, damit sie die Tränen nicht sieht, die mir in die Augen schießen.

Estella macht es sich jetzt auf einem etwas tiefer gelegenen Ast bequem.

»Weißt du, Mafalda, ich würde dir gern eine Geschichte erzählen. Es gab nämlich tatsächlich mal einen

Kater, der es von einem Kirschbaum runtergeschafft hat. Er lebte zu der Zeit, als die Ägypter die Pyramiden gebaut und Katzen wie Götter verehrt haben. Eines Tages beschloss ein Schreiber, der im Dienste des Pharaos stand, seinem Kater beizubringen, wie man von Kirschbäumen runterkommt, weil er wusste, dass das für Katzen was ganz Besonderes ist. Damit wollte er seinen Herrscher überraschen.«

»Was war das für ein Kater?«

»Er war grau.«

»Wie Ottimo Turcaret!«

»Ja, wie dein fetter Kater.«

»Und in Ägypten gab es auch Kirschbäume?«

»Natürlich gab es die. Die höchsten und schönsten, die du dir nur vorstellen kannst. Inzwischen gibt es dort allerdings keine mehr, weil alle gefällt wurden.«

»Und warum wurden sie gefällt?«

»Um Platz für die Pyramiden zu machen. Dieser Schreiber wollte dem Kater also beibringen, wie er von Kirschbäumen wieder runterkommt. Mit einer ganz cleveren Idee: Er setzte ihn in einen Baum und ließ ihn einfach oben.«

»Wie, er hat ihn oben gelassen? Wie lange? Und wie kam er wieder runter?«

»Warte, du erfährst schon noch alles. Wie gesagt, er setzte ihn also auf einen Baum. Auf den letzten Kirschbaum, den es damals noch gab. Und dieser Kirschbaum stand genau dort, wo das Fundament der Pyramide hinsollte.«

»Und was haben sie dann mit dem Kater gemacht? Sie

haben den Kirschbaum doch nicht gefällt, als der Kater noch drinsaß, oder?!«

»Sie hatten es zunächst vor. Aber da der Baum der letzte und gleichzeitig der schönste von ganz Ägypten war, beschlossen sie, ihn nicht zu fällen, sondern die Pyramide um ihn herumzubauen. Wenn der Kater nicht mehr runterwollte, hatte er eben Pech gehabt.«

»Das ist nicht dein Ernst!«

Estella lacht.

»Nun ja, der Kater konnte sich retten.«

»Klar, sonst wäre er ja bis in alle Ewigkeit in der Pyramide gefangen gewesen!«

»Und wäre gestorben.«

»Weil ihm niemand mehr etwas zu essen und zu trinken hätte bringen können.«

»Ja genau, und mit Sauerstoff und Licht wäre es dann auch vorbei gewesen. Katzen hassen die Dunkelheit, hast du das gewusst?«

»Sie können aber doch nachts sehen.«

»Stimmt. Weil sie eine Netzhaut haben, die Licht reflektiert. Außerdem können sie ihre Pupillen extrem weiten. Doch der Kater des Schreibers hatte trotzdem Angst, eingesperrt zu werden. Denn wenn es wirklich stockdunkel ist wie in einer Pyramide, können selbst Katzen nichts mehr sehen. Er maunzte vor Verzweiflung, der Arme, während die Sklaven die riesigen Steinblöcke um den Kirschbaum herum aufschichteten und sein Herrchen ihm zwar zu essen brachte, aber nicht herunterhalf. Alle flehten den Schreiber an, den Kater zu retten, doch er entgegnete nur, dass ein Kater, der eines

Pharaos würdig sei, wisse, wie man einen Kirschbaum runterkomme.«

»Das war gemein von ihm! Der arme Kater …«

»Du hast recht. Doch er wusste es ja wirklich, denn zu guter Letzt, als sie den letzten Steinblock aufsetzen wollten, löste der Kater auf einmal die Krallen von der Rinde und sprang in zwei, drei Sätzen nach unten. Und damit war er gerettet.«

»Da hat sich der Pharao aber riesig gefreut, oder?«

»Oh ja. Er war glücklich, und zwar so sehr, dass er diesem besonderen Kater das ewige Leben geschenkt hat.«

»Oh, wow! Heißt das, dass der Kater noch heute irgendwo rumläuft?«

»Gut möglich.«

Ich nicke und lächele in mich hinein.

»Klar, dass dieser Kater unbedingt lernen wollte, wie man Kirschbäume runterklettert.«

»Wer Angst hat, verpasst das Leben, Mafalda.«

Meine Augen brennen, dennoch breitet sich ein Lächeln über mein Gesicht. Wer Angst hat, verpasst das Leben, wer Angst hat, verpasst das Leben …

Ein Knacken lässt mich nach unten schauen, wo Estella sich daranmacht, den Kirschbaum hinunterzuklettern.

»He, wo willst du hin?«

Mit einem Satz landet sie auf dem Boden, richtet sich auf und schaut zu mir hoch.

»Hast du darüber nachgedacht, was für dich wesentlich ist?«

»Für mich ist es wesentlich, auf meinem Kirschbaum zu sitzen.«

»Bist du sicher?«

»Ja. ›In den Kirschbaum auf dem Schulhof klettern‹ ist der letzte Punkt auf meiner Liste.«

»Auf der alten oder auf der neuen?«

»Welche neue?«

»Hol mal die alte raus.«

Instinktiv greifen meine Finger in die Jackentasche, wo sich ein paar zerknüllte Blätter finden. Ich sehe nicht, was daraufsteht, weiß aber, dass es die Liste ist. Meine Liste. ALLES, WAS ICH WAHNSINNIG GERNE MAG, ABER BALD NICHT MEHR MACHEN KANN. Wie kommt die da rein? Ich habe sie in meinem Zimmer doch zerrissen! Träume ich?

Estella spricht jetzt von unten mit lauter Stimme, ich bilde mir das nicht bloß ein.

»Du bist in deinem Kirschbaum, Mafalda. Und du bist ihn hochgeklettert, als es schon dunkel um dich herum war, oder etwa nicht? Das, was für dich wesentlich ist, kannst du also nach wie vor noch machen. Beschränke dich aufs Wesentliche, streiche den zweiten Teil der Überschrift, und du hast deine neue Liste: ALLES, WAS ICH WAHNSINNIG GERNE MAG.«

Ich antworte nicht.

»Hätte der Kater des Schreibers nicht irgendwann begriffen, was für ihn wesentlich ist, wäre er jetzt eine Mumie.«

Ich klammere mich mit beiden Händen an meinen Ast, aber eine innere Stimme will mir etwas sagen.

»Um mich herum ist aber alles dunkelgrau, Estella, und das weißt du auch. Ich habe Angst.«

»Wer Angst hat, verpasst das Leben, Mafalda. Also, komm, ich habe dir gezeigt, wie man runterkommt. Setz den Fuß hierhin ...«

Okay. Ich tu's, ich traue mich.

»So?«

»Ja, so. Und jetzt spring ...«

»Aber du fängst mich auf, oder?«

Estella antwortet nicht.

»Estella! Du fängst mich auf, nicht wahr?!«

Ich hänge an einem Ast, ein Fuß stützt sich auf einem Knorren im Stamm ab, während mein anderes Bein in der Luft hängt. Ich habe keine Ahnung, wie weit es noch bis zum Boden ist. Die Arme tun mir immer mehr weh, auch die Hände und die Knie, weil ich vor Stunden auf den Bürgersteig gestürzt bin. Ich würde gern springen, doch ich habe Angst. Eine Riesenangst. Ich denke an Cosimo, der zeit seines Lebens nicht mehr von den Bäumen heruntergekommen ist, und bin ein bisschen traurig. Ich habe nur ein paar Stunden durchgehalten, noch nicht mal eine ganze Nacht.

»Estella, hilf mir!«

Estella antwortet nicht, aber ich habe auf einmal ihre Stimme im Ohr, die sagt, dass ich es allein schaffen muss, denn ich will doch wohl nicht feiger sein als so ein fetter grauer Kater.

Ich schließe die Augen, mein Dunkelgrau wird schwarz. Ich bin müde. Das Einfachste wäre jetzt, mit dem Kopf voran nach unten zu stürzen, damit man mich ins Krankenhaus bringt, wo ich dann vielleicht zu Estella und Filippo ins Zimmer komme. Der plötzliche Gedanke an die beiden macht mir allerdings noch viel mehr Angst. Die beiden sind wesentlich für mich. Ich kann und darf jetzt nicht aufgeben!

»Niemals aufgeben! Niemals aufgeben!«, murmele ich leise vor mich hin, während ich den Fuß vom Knorren des Stamms löse, nun nur noch mit den Händen am Ast hänge und meine Beine hin und her schwingen. Und dann beginnt sich der Ast auf einmal leicht zu schütteln, als würde er mir Mut machen wollen. In diesem Moment springe ich.

26

Ich falle, falle unentwegt.

Ich spüre den kühlen Luftzug über meine Wangen streichen. Es ist eigentlich gar nicht schlimm zu fallen, auch wenn mein Magen sich zusammenzieht und mein Herz rast: Es fühlt sich an wie Achterbahnfahren. Das Foto von Oma und mir auf dem Rummel kommt mir wieder in den Sinn: Die Arme in den Himmel gereckt, flattern unsere Haare im Fahrtwind, und unsere Münder sind weit aufgerissen, sodass man alle Zähne sehen kann. Oma hat es geliebt, Achterbahn zu fahren. Ich erinnere mich an ihre Schreie, die alles andere als Angstschreie waren, und an das grelle Blitzlicht von Papas Fotoapparat.

Und dann sehe ich, in einem ebensolchen Blitzlicht, auf einmal eine zweite Mafalda, nur dass diese keinen dunkelgrauen Nebel in den Augen hat. Hand in Hand fallen wir nach unten, wobei sie kichernd ruft, dass es total lustig aussieht, wie unsere Arme in die Luft gereckt sind, die Rattenschwänze fliegen und die Kleider vom Wind aufgebläht werden.

»Los, mach die Augen auf«, ruft sie. »Das macht Spaß!«

Ich öffne die Augen, und wir sind überall von Lichtern umgeben. Als ich nach unten blicke, sehe ich die lauernden Monster, die nichts als Zeichentrickfiguren sind und zusammen mit Oma, Estella, Filippo, Ravina, Ottimo Turcaret und Cosimo begeistert applaudieren, als fielen wir herab in eine Zirkusmanege. Lachend zeigt das Mädchen neben mir nach oben, ich folge ihrem Blick und sehe über uns den Nachthimmel, übersät mit sämtlichen Sternen des Universums.

Dann fehlt nur noch ein Zentimeter, das spüre ich. Das Mädchen, das mit mir fällt, winkt mir zum Abschied und schießt dann wie eine Rakete hoch in den Himmel, an einer Schnur mit lauter roten Luftballons. Sie saust über den Kirschbaumwipfel, über das Schuldach hinaus, bis sie im unendlichen Sternenhimmel angekommen ist, wo sie fröhlich singend anfängt, mit einem Stern Fußball zu spielen. Und im Tor, zwischen Mond und Polarstern, steht meine Oma.

Viel eher als gedacht, berühren meine Turnschuhe den Asphalt des Pausenhofs. Ich knicke um, falle auf Knie und Hände, kraftlos wie ein nasser Sack. Aber ich bin noch heil, habe mir nichts gebrochen.

Das Dunkel ist nach wie vor dunkel, ich rappele mich darin auf und will wieder einen Namen rufen, doch er fällt mir nicht ein, ich weiß nur noch meinen.

»Mafalda!«

Papas Stimme, die sich sehr schnell nähert. Es ist eine Stimme voller Keuchen, vielleicht auch voller Tränen, aber das weiß ich erst genau, wenn er vor mir steht.

Wenige Sekunden später drückt mich Papa ganz fest an sich, so fest er nur kann.

»Versprich mir, dass du nie mehr wegläufst. Versprich es mir!«, flüstert er mit erstickter Stimme, die Nase in mein Haar vergraben.

»Wie hast du mich gefunden?«

Er löst sich von mir, und ich spüre sein Gesicht ganz nah vor meinem. Seine Tränen duften köstlich nach Kamille und Kaminrauch, als er mich an den Schultern packt, genauso, wie es Estella immer macht.

»Geht's dir gut? Nichts gebrochen? Mein Gott, ich hab gesehen, wie du vom Baum gefallen bist!«

»Ich bin nicht gefallen, ich bin gesprungen. Wie hast du mich gefunden?«

»Wir sind deinen Spuren gefolgt. Die Nachbarn haben gesehen, wie du durchs hintere Gartentor raus bist …«

»Die Unsympathischen von gegenüber?«

»Die sind gar nicht so schlimm. Sie leben bloß etwas zurückgezogen. Sie haben uns bei der Suche geholfen.«

»Und dann?«

»Das erzähle ich dir besser zu Hause. Deine Mama wartet, und es ist schon Nacht und kalt. Hast du eine Ahnung, wie spät es ist?«

Kurz verstummt er, und ich weiß, dass er lächelt, denn das höre ich an seiner Stimme.

»Es ist die Stunde, die deine Oma immer am liebsten mochte.«

Da passiert etwas Komisches, denn ich weiß genau, wovon er redet. Ein Licht scheint in meinem Kopf aufzugehen und mein Gesicht zu wärmen.

»Um diese Zeit haben Oma und ich uns immer mit der Taschenlampe Gute Nacht gesagt, nicht wahr?«

Papa nickt und streicht mir liebevoll über den Kopf.

»Ja, Mafalda. Sie hat immer gesagt, dass ihr euch gegenseitig ein paar Sterne schickt. Und jetzt lass uns nach Hause gehen.«

27

»Zählen wir die Schritte, bis du den Duft vom Kirschbaum riechst?«

Mama klimpert mit den Schlüsseln der neuen Wohnung, und Ottimo Turcaret huscht hinaus, kurz bevor sie die Tür schließen kann.

»Mama, ich rieche den Kirschbaum schon, wenn ich mein Zimmerfenster bloß einen Spalt öffne!«

Wir nehmen den schmalen Pfad voller Vergissmeinnicht und sind im Nu an der Schule, ganz in der Nähe unseres Schulgartens. Ich höre, wie Ottimo Turcaret durch den Lattenzaun schlüpft, um sein Geschäft im Gemüsebeet zu verrichten, und muss laut lachen. Was für ein Glück, dass die Tochter unseres Vermieters seit ein paar Wochen selbst eine Katze hat, sodass das »HAUSTIERE VERBOTEN«-Schild an unserem neuen Haus abgeschraubt worden ist.

Eine lauwarme Brise liebkost meine Wangen, als wir am Kirschbaum ankommen, und gleich darauf höre ich unseren geheimen Pfiff, der so geheim auch wieder nicht ist. Mit einem Grinsen drehe ich mich zu meiner Mutter um.

»Ich hab schon verstanden«, sagt sie seufzend. »Du willst alleine reingehen. Gut, dann hole ich dich nach Schulschluss hier wieder ab.«

Sie gibt mir einen Kuss, und ich höre, wie sich ihre Schritte Richtung Tor entfernen, doch ich weiß, dass sie mich heimlich beobachtet und denkt, ich würde das nicht merken.

Resolut setze ich schon einen Fuß auf die erste Treppenstufe, als von oben jemand auf mich zugerannt kommt. Ich scheine denjenigen fast zu sehen, der auf langen Beinen vor mir stehen bleibt, die Hände in die Hüften gestemmt.

»Los, hak dich ein.«

Stufe für Stufe steigen wir gemeinsam die Treppe hoch. Um mich zu ärgern, brummt er, ich bin so langsam wie eines dieser langweiligen Lieder, die er hasst, ich aber liebe, und gibt mir so das Stichwort für unsere Band, die bislang nur ein Duo ist.

»Proben wir heute?«

»Ja, wenn du Lust hast, um drei.«

»Und was singen wir? ›Yellow Submarine‹?«

»Nein, was anderes, einen neuen Song. Über Sterne.«

»Oh, cool! Den setze ich gleich auf die Liste.«

»Auf welche Liste?«

»Ich habe eine Liste mit allem, was ich wahnsinnig gerne mag.«

»Zeig her.«

Ich ziehe ein gefaltetes Blatt aus der Jackentasche und gebe es Filippo.

»Meine Güte, das soll mal einer lesen können!«

Nicht ohne Mühe macht er sich daran, mein Gekrakel zu entziffern, und seine Stimme klingt dabei nach Karamellbonbon:

Alles, was ich wahnsinnig gerne mag

- *Musik*
- *Ottimo Turcaret*
- *Geschichten*
- *Schlitten fahren mit Papa oder Filippo*
- *Auf Filippos Gepäckträger dahinsausen*
- *Anhand der Sonne auf meinem Gesicht erraten, wie spät es ist*
- *Blumen und ihren Duft*
- *Jedes Jahr woandershin in Urlaub fahren*
- *In den Kirschbaum auf dem Schulhof klettern und auch wieder runter!*
- *Nicht alleine sein*
- *Einen echten Freund haben*
- *Jemanden lieben*
- *Stark sein wie eine Amazone*
- *Mindestens ein Buch schreiben …*

Filippo hält inne.

»Klasse! Aber in der Pause schreibe ich das so auf, dass man es auch lesen kann.«

Ich bin glücklich. So glücklich, dass ich sogar vergesse, mich umzudrehen und Mama zum Abschied zu winken, die uns, wie ich von Filippo weiß, jeden Tag vom Schultor aus nachsieht. Und auch sie ist glücklich. Das geht gar nicht anders, weil sie weiß, dass es für ihre zehnjährige Tochter wesentlich ist, einen echten Freund gefunden zu haben.

»Hilfst du mir auch, das Buch zu schreiben?«

Filippo steckt die Liste zurück in meine Jackentasche und nimmt mich dann an der Hand, denn die Schulglocke läutet, wir müssen rein.

»Klar, mach ich. Hat es schon einen Titel?«

Ich lächele.

»Ja. Es heißt: ›In der Nacht hör' ich die Sterne‹.«

28

Liebe Mafalda,

sicher erinnerst Du Dich noch an die unverschämte Freundin, von der ich Dir erzählt habe. Estella lügt nicht, sondern sagt immer die Wahrheit. Neulich habe ich Dir aber etwas verschwiegen. Darum sollst Du nun wissen, dass das keine Freundin war, die mir das Stück Hefeteig weggenommen hat, sondern eine sehr schlimme Krankheit. Und die ist nun zurückgekehrt. Deshalb bin ich im Krankenhaus. Und deshalb konnte ich nicht für Dich pfeifen.

Wenn Du diesen Brief liest, werde ich mit großer Wahrscheinlichkeit schon zu Deiner Oma und dem Riesen in den Kirschbaum gezogen sein und mit den beiden jede Menge Spaß haben. Komm uns besuchen, wann immer Du willst. Du brauchst nur Deine Füße dorthin zu setzen, wo ich es dir bei unserem Kennenlernen vor ein paar Jahren gezeigt habe, dann findest Du leicht hoch und wieder runter.

Damals haben wir auch über Deine Liste gesprochen, erinnerst Du Dich? Und ich habe Dir meine gezeigt. Was Du noch nicht weißt, ist, dass ich eine neue Liste geschrieben habe, nachdem man mir meine Brust ab-

genommen hat. Darauf steht, was für mich jetzt noch wesentlich sind. Auf die Idee hast Du mich gebracht, als Du Deine Liste angefangen hast, mit allem, was Du auch ohne Augenlicht machen kannst, und das ist deutlich schwieriger. Ich hoffe, Du hast jede Menge Dinge gefunden, die Du auf diese Liste setzen kannst. Denn Du bist eine echte Amazone und eine kleine Baronin auf den Bäumen.

Ich habe im Übrigen bloß noch einen Punkt auf meiner Liste gehabt: eine echte Freundin finden. Denn das war für mich wesentlich.

Danke, Mafalda.

Wir sehen uns im Kirschbaum wieder. Und bis es so weit ist, hab jede Menge Spaß. So als würdest Du jeden Tag Deinen zehnten Geburtstag feiern!

Deine Estella von Transsilvanien,
Königin der Amazonen

Liebe Leserin,
lieber Leser,

mit diesen Zeilen kann ich Ihnen hoffentlich erklären, wer ich bin.
Mafalda ist der Name meiner besten Freundin, doch das kleine Mädchen, das bin ich.
Ich bin die Mittlere in unserer Familie, die mich mit viel Liebe umgibt, damit aber leider auch manchmal erdrückt. Vor einem Jahr bin ich deshalb ausgezogen und schreibe seither für Regionalzeitungen und bringe Flüchtlingskindern Italienisch bei.
Und außerdem werde ich bald blind: Mit meinen braunen Augen sehe ich inzwischen nur noch ein Fünftel von dem, was andere sehen.
Aber keine Sorge, ab hier wendet sich meine Geschichte zum Guten.
Seit ich weiß, dass es eines Tages in einer nicht allzu fernen Zukunft um mich herum vollkommen dunkel sein wird, erlebe ich jeden Morgen in einem neuen Licht.
Nicht dass Sie mich jetzt falsch verstehen: Ich bin weder besonders lebensklug noch heroisch. Und ich gäbe was drum, so gut sehen zu können wie alle anderen. Doch weil dem nun mal nicht so ist, habe ich beschlossen, endlich all die Ängste loszulassen, die mich schon viel zu lange eingeschränkt haben.

Und so stürze ich mich nun jeden Tag kopfüber und mit doppeltem Eifer ins Leben.
Ich fahre Ski, geleitet von meinen Freunden. Ich spiele Klavier nach Gehör. Und nachts sitze ich am Fenster, schaue hinauf zu den Sternen und flehe sie an, sich ganz tief in meine Netzhaut zu brennen – denn sollte ich jemals ein Kind haben, möchte ich ihm nicht sagen müssen, dass das Letzte, was ich sah, bevor ich mein Augenlicht ganz verlor, der Bordstein oder ein Müllsack war.
Daneben sind Lesen und Literatur meine größte Leidenschaft, und wenn ich auf andere Gedanken kommen will, Trost und Zuversicht brauche, flüchte ich mich zu Cosimo und seinem Dachshund in Italo Calvinos ›Baron auf den Bäumen‹.
Am allerwichtigsten ist mir aber inzwischen das Schreiben. Denn ich sehe nun immer mehr mit meinen Händen, und wenn ich schreibe, werden die Bilder in meinem Kopf wieder heller.
Bevor mein Licht ausgeht, möchte ich in dieser Welt ein Feuer entzünden, ein Feuer, an dem sich die Menschen wärmen können in diesem verrückten, sich immer schneller drehenden Leben.

Paola Peretti